青山美智子

Michiko Aoyama

神明值日生執勤中

Tadaima Kamisama Touban

ただいま神様当番

邱香凝 譯

神明值日生執勤中「目次」

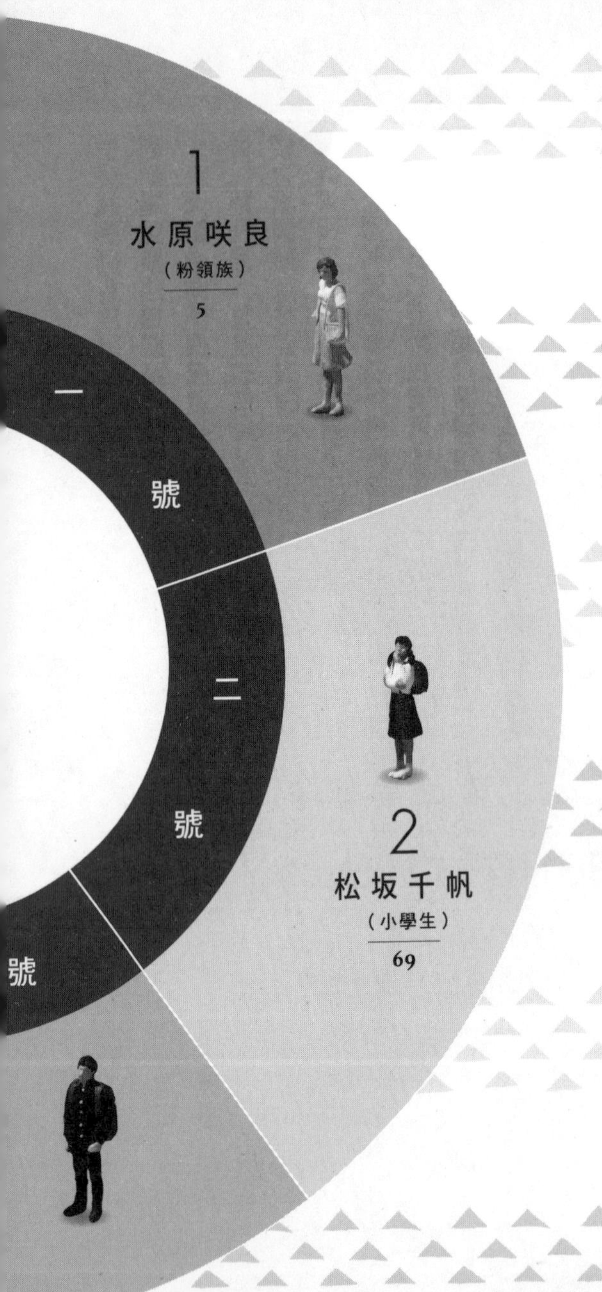

5
福永武志
（小公司社長）
249
五
號
4
理查·布蘭森
（大學約聘講師）
199
四
號
三
3
新島直
（高中生）
119
坂下

水原咲良

（粉領族）

什麼時候才會輪到我呢？坐在角落的我這麼想。

玻璃杯裡的冰塊融了一半。顏色和味道都稀釋變淡了的這杯黑醋栗蘇打一點也不好喝。即使如此，它就像是我在這裡唯一的搭檔。要是沒有這杯淌著水滴的酒，這裡將沒有我容身之處。

播放流行J-POP音樂的居酒屋裡，大家滔滔不絕聊著天。笑著。大聲喧譁著。都是我不太熟的人。為什麼我會在這裡呢？看著眼前的景色，感覺像在看電視，陷入一種只有自己被區隔在世界之外的心情。

一直以來都是這樣。所有開心的事物，只會從我眼前經過，與我無關。

因為好久沒人約我參加聯誼，察覺自己只是被找來湊數時已經太遲。只能怪自己，不該一收到只在Facebook上有聯繫的短大同學訊息就興沖沖答應。找上我的梨惠打從畢業後就沒見過面，這次是睽違三年的重逢。她變得很漂亮，其他女生也光彩動人，打扮時尚，只有我像是跑錯場子。第二次換位子之後，坐到我旁邊的眼鏡男始終把身體朝另一邊的女生靠。

我想起去年夏天，小唯說「下次就輪到咲良了」。新娘拋花束時，我接住了那束粉紅色的花。當時真心認為身穿新娘禮服的小唯很美，一定是因為自己也有男友的關係。可是，不到三個月，男友就把我無情甩掉了。

唯一的心靈寄託是我最愛的偶像團體「立方體」，偏偏一直抽不到他們的演唱會門票。我忍不住在偷偷玩的Twitter上嘀咕了這件事，於是一個陌生網友留言說「要是下次能抽中就好了」。下次，下次是什麼時候？上次、再上一次、再更之前的那一次演唱會，我都沒有抽中。抽得中的人一天到晚抽中，可見運氣這種東西不是照輪的。不只如此，我太晚預購新專輯，現在實體店鋪和網路商店都買不到專輯的初回限定版了。

才剛伸出筷子夾起開始失去水分的鮪魚生魚片，主辦聯誼的男生就大喊「最後一次換位子時間！」男生們紛紛往旁邊移一個位子，這次坐到我身邊的，是手持啤酒杯，身穿條紋襯衫的男生。

「呃、妳是水木小姐？」

「是水原。」

「水原小姐是做設計的吧？好酷喔。」

我不置可否地笑一笑，把鮪魚送入口中。其實我在印刷公司工作，而且做的是行政。自我介紹時，我說自己在「印製目錄或海報的公司」工作，他大概誤會成做設計了。這也證明此人對我根本沒有太大興趣。反正以後一定不會再見面，我也沒必要糾正他說的話，拿起杯子啜飲一小口黑醋栗蘇打。真要說的話，連對方名字和職業都想不起來的我更過分。

和我聊得不起勁，條紋襯衫顯得有些不知所措。這時，坐在他另一邊的女生說：「誰要吃甜點～」我朝她轉頭，她就把菜單遞過來，笑著問：「要看嗎？」

那是個剪一頭短髮，有一雙清澈眼神，看上去很聰明的女生。我和她和條紋襯衫，三個人擠在一起看菜單。

或許是想搶攻姊妹淘聚會的市場吧，這家居酒屋甜點品項豐富。手繪風格的菜單上，框出一整區以「公主樂園」為題的甜點照片。

白雪公主的義式蘋果冰沙、灰姑娘的南瓜布丁、人魚公主的冰淇淋蘇打。

不知從哪找來的免費插圖，甜點照片旁還加上騎著白馬的王子與公主插畫，莫名增添一股浪漫氛圍。

看著這個，短髮女孩喃喃自言自語：

「好帥，好像可以帶我去到很遠的地方。」

條紋襯衫笑著說：

「妳會嚮往白馬王子喔？」

不是唷。女孩搖頭，爽朗地說：

「我想要的不是王子，是白馬。」

隔天早上，一邊朝公車站牌走，我一邊想著她的事。

比起在場的四個男生，她令人印象更深刻。

竟然說想要白馬。怎麼會這樣啊，馬這種東西不是很麻煩嗎？不但不會幫忙做任何事，反而還需要人類照料。

如果只是想去到很遠的地方，找個騎馬的王子來載自己去，不就一舉兩得了嗎？

別說在聯誼中遇見王子，昨天連一個上前問我聯絡方式的人都沒有。就連邀我參加的梨惠，解散後一聲招呼也不打，迅速跟某個男生並肩走向車站了。當然，邀我去哪的人也是一個都沒有。

「有沒有什麼開心的事啊……」

這句話不是對誰說，只是我的自言自語。不知從何時起，這句話似乎變成我的口頭禪了。四月上旬的早晨，春日和煦的天空飄著淡淡雲朵，陽光曬得人懶洋洋。

早上通勤搭的公車每隔十五分鐘來一班。寫著「坂下」的圓形站牌下方有長方形的時刻表，底下還有形狀像個布丁的梯形水泥底座。孤零零豎放在路邊，非常傳統典型的公車站牌。我從這裡搭公車到電車車站，再轉搭電車上班。「坂下」是這一帶的地名。從公車上一站到這一站，沿路確實就是一條緩降斜坡❶。

今天我第一個到。平常搭七點二十三分這班車的人，包括我在內，總是固定五個面孔。

一個長相有點不起眼的高中男生、一個穿深色西裝的大叔、一個不知道從哪個國家來的焦糖髮色外國人，還有一個小學女生。

今天早晨似乎也一如往常沒什麼新鮮事。一定會和平常一樣做著無趣的工作，過完無趣的一天吧……這種生活要持續到什麼時候？

呼。當我嘆氣低頭時，看見一張CD靠著站牌底座立在那裡，吸引了我的目光。

「——咦！」

情不自禁蹲下來。

是立方體的最新專輯，而且還是初回限定版。不管去哪間店找都買不到，已經銷售一空的專輯初回限定版。現在只能從惡劣轉賣業者或個人賣家手中，花定價三倍左右的價錢才買得到，是非常寶貴的一張專輯。

專輯封面角落貼著一張便利貼，上面以潦草的字跡寫著「失物招領」。

我心跳加速。

遺失這張專輯的人，也在這一站搭車嗎？還是剛好經過這裡的路人？無論如何，失主現在一定急得到處找吧。可是，他或許沒想到東西會掉在這種地方。

我環顧四周。

四下沒有任何人。站在這裡的，只有我和公車站牌。

看看就好……摸一下就好。

我朝CD輕輕伸出手。是未拆封的商品。

❶日文中「坂」是斜坡的意思。

「……運氣真好！」

我忍不住脫口而出。

對。運氣真好。脫口而出之後，我覺得自己終於走運了。

也該輪到我享受這種「好運自己找上門來」的事了吧。從立方體出道至今，我整整支持了他們五年，說不定，這是立方體送我的禮物，或是為過去一直沒能讓我抽到演唱會門票賠罪。

路的那一頭，每天都會遇到的那個高中男生正朝站牌走來。

倉促之間，我把CD塞進自己包包，裝作若無其事的樣子朝公車來的方向望去。

來到公司，今天也一如往常充滿無聊與不滿。古村部長把工作硬塞給我，害我不得不縮短午餐時間。他總是板著一張臉，開口就是挖苦人，真的是很陰沉的上司。下班回家的電車沒位子坐，總是買來當晚餐的超市便當幾乎全賣光，只剩下海苔便當。回到從短大時代住到現在的公寓，對著空蕩蕩的屋子說「我回來了」。每天大概都像這樣。但是，今天的我有點不一樣。因為包包裡有「令人開心」的東西。

初回限定版專輯附送新歌音樂錄影帶，還有特製小冊子和原創貼紙。

我匆匆吃完海苔便當，盡情欣賞了音樂錄影帶。

六個成員中，我最喜歡葛原達彥。人稱「小達」，是個有虎牙的男生。比我小兩歲，今年二十一，笑容天真無邪又可愛。

忽然，內心深處閃過一絲疼痛。

這張初回限定版專輯的原主，不知道最喜歡哪個成員呢？明天還是把CD放回原本的地方好了。可是，已經被我拆封了……

用力一甩亂糟糟的腦袋，洗過澡後，我躺在床上打開小冊子，看著看著就睡著了。雖然有所期待，可惜心願未能實現，小達沒出現在我夢中。

一如往常的早晨來臨……本該是這樣才對的。

按照慣例，我在震天價響的鬧鈴聲中醒來。睜開惺忪睡眼，朝鬧鐘伸手。

隱約瞥見手臂內側好像有什麼黑黑的東西。「嗯？」我疑惑地朝上翻轉手心，將睡衣的七分袖高捲到手肘。

從手腕到手肘，露出的小手臂上垂直寫著一行大字。

神明值日生

「……這什麼東西？」

我整個人飛跳起來，盯著自己的手臂猛瞧。以極粗黑體寫成的「神明值日生」，看上去像印刷在柔嫩的皮膚上。

「不要啊——！」

右手掌心試著用力搓，完全搓不掉。

到底是誰寫的？我東張西望，三坪半的小套房裡只有我一人。話說回來，神明值日生又是什麼意思？

坐在床上對著牆壁發呆時，背後傳來嘶啞的聲音。

「找到妳啦，值日生！」

赫然回頭，一個陌生老爺爺笑吟吟地正坐在房間地板上。

「啊呀！」

我發出哀號，情急之下朝他拋出枕頭。實在太害怕了，接連抓起旁邊的東西丟過去。絨毛玩偶、面紙盒、看到一半的漫畫。當我抓起鬧鐘時，老爺爺開口了：

「哇──那個丟過來會很痛吧！」

我才心頭一驚，停下來打量老爺爺。

老爺爺個子矮矮瘦瘦，從額頭到頭頂是一片光溜溜，只有腦袋兩側長著捲捲的白髮。身上是不知道哪裡的國中生穿的那種，側邊有白色線條的深紅色上下成套體育服，打赤腳。

滿是皺紋的臉上掛著嘻皮笑臉的表情，看上去雖然不到弱不禁風的程度，但也絕對稱不上強。感覺就是個輕浮的老爺爺。難道是媽媽從老家那邊派來的親戚嗎？親戚裡有這麼個老爺爺嗎？

「呃……請問，您是哪位？」

我姑且用敬語發問，老爺爺笑咪咪地指著自己胸口說：

「我？我是神明大人啊。」

「……啥？」

我朝床頭伸出顫抖的手，想抓起智慧型手機。

他才不是什麼親戚。這個人有問題，得報警才行。就算只是個弱不禁風的老人，也是違法闖進獨居女生房間的陌生人。更別說還在人家手臂上惡作劇寫了這種東西。

不經意地，放在床頭的CD播放機映入眼簾。

沒看到立方體的專輯。昨天明明把它立在CD播放機旁邊的啊。這麼說來，枕邊的小冊子也不見了。

「小、小偷！」

我這麼一喊，老爺爺就揚起嘴角，默默指著我。

……………對耶。

我才是小偷。那張CD是這老爺爺的嗎？他想來拿回自己的東西？

「對不起……我會還你的。」

我在床上正坐低頭。要是報了警，傷腦筋的是我自己。

這時，老爺爺歪了歪頭說：

「答應我一個要求。」

要求？

我張口結舌，老爺爺繼續：

「討我歡心。」

「……欸？」

「討我歡心～咲良要討我歡心！」

握拳的雙手左右擺動，老爺爺耍賴了起來。他連我的名字都知道，有點噁心。

「你、你怎麼會知道我的名字……」

我臉頰抽搐，老爺爺咧嘴一笑說：

「因為我是神明呀。」

「……」

「……」

……蠢斃了。

我重新拿好手機，心想，還是報警吧。不管怎麼想，比起撿到失物帶回家的我，這個老爺爺更像危險人物。對了，我是擔心CD被壞人高價轉賣，才先帶回家保管的，沒錯，就是這樣。

「要是妳不討我歡心，就要一直輪值下去喔。」

老爺爺伸出食指，指著我的手臂。

「不結束輪值，那個就不會消失。」

他在說什麼啊。我視若無睹，點開手機的通話機能，打算報警。

「我會一直等到妳討我歡心為止喔。」

就在我按下一一〇的「〇」之前，老爺爺這麼說著，忽然變得像個小小的勾玉。

緊握在手的手機掉落，勾玉咻地鑽進我左手掌心。左手臂一陣麻癢，接著就像什麼事都沒發生過似的平靜下來。

「……不會吧。」

背後流下詭異的汗水，剛才到底發生了什麼事？

我錯愕地環顧屋內。

小套房裡只有我一個人，窗簾和家具都跟昨晚睡前一樣。外面的麻雀吱吱喳喳，和平常沒兩樣的早晨。

只除了，我的左手臂上似乎進駐了一位神明。

神明看似消失身影，麻煩卻是接下來才開始。

不管用沐浴乳還是卸妝油，那行「神明值日生」也一點都擦不掉。本來想穿上星期新買的七分袖罩衫，這下為了遮掩手臂上的字，只好選擇長袖棉質上衣了。

更驚人的是，重整精神打算化妝，左手卻不聽使喚地自己動了起來，拉開洗臉台抽屜，擅自拆開藥妝店送的口紅樣品包裝，搽在嘴唇上。我真的嚇到了。那是帶珠光的深粉紅色口紅，雖然很可愛，總覺得這顏色對我而言太浮誇。

試圖用右手抹掉口紅，左手卻以強勁的力道妨礙右手的動作。看來，神明的旨意是不可違抗的。

無奈之餘，只好頂著濃豔的口紅出門。今天有點悶，甚至可以說是熱。或許因為穿了厚棉長袖，小跑步一下就出了滿身汗。

吼，真是夠了，在這行字消失前都不能穿短袖了嘛。再加上左手不聽使喚擅自亂動，不知道神明下一步會做出什麼事來，害我坐立不安。

拿出手帕擦拭脖子上的汗，來到公車站牌前。一如往常的等車成員聚集，公車很快就來了。

車內已經有不少人，幾乎沒有空位。剛才和我同一站等車的深色西裝大叔佔據了唯一空著的博愛座。下一站會上來一位孕婦，大叔一定會裝睡。最近每天都這樣。

突然，左手朝大叔伸去。

我嚇得冷汗直流，但也制止不了，左手一把抓住大叔的手，用力把他從椅子上拉起來。

「妳、妳做什麼啊！」

大叔滿佈血絲的眼睛狠狠瞪我，我只能趕緊小聲辯解：

「不是的，是神、神明祂……」

「神明？」

「沒有啦、那個……」

我還在語無倫次，左手又擅自對孕婦做了個「請坐」的手勢。

孕婦對我和大叔低頭致意。

「謝謝兩位，真的幫了大忙，我一早就不太舒服。」

被這麼一說，大叔沉默下來，轉頭抓住吊環。

到站前，如坐針氈的我始終沒有抬起頭，甚至考慮提早下車。竟然做出這麼大膽的事，神明真的很亂來。萬一害我被那個大叔揍了怎麼辦。

不過，孕婦站著卻沒人要讓座，這件事我早就看不下去了。說真的，腦中也想像過好幾次自己那樣拉起大叔的樣子。

今後再遇到這個大叔一定會很尷尬，明天搭早一班公車好了。正當我這麼想的時候，大叔平常下車的公車站到了。比我早兩站。

大叔下車時，走到我身邊難為情地低聲說：

「是我的錯，我沒注意到她……謝謝妳喔。」

我睜大眼睛看大叔。大叔還是板著一張臉，只是紅著耳朵快步下了車。

他身上那套皺巴巴的西裝，不知道穿了多少年。我一直擅自認定大叔是在車上裝睡，其實或許他真的累得沒注意到孕婦也說不定。

大叔過來對我說出那番話，比讓座需要鼓起更大勇氣吧。

朝車窗外望去，大叔板著一張臉，無精打采地往前走。我心想，明天還是搭同樣時間這班車好了。

那麼，現在的問題是，到底該怎樣討神明歡心。

公司廁所裡，我一個人一邊洗手一邊埋頭苦思。雖然滿心只想把那當成一場夢，事到如今，不得不承認這是現實。

……這個東西，該不會只有我看得見吧？

稍微捲起袖子查看時，小唯走了進來。一和我對上眼神，她就微微一笑。溫柔又可愛的小唯。

「咦？咲良，妳的手腕怎麼好像沾到髒東西？」

原來別人也看得到啊。我趕緊放下袖子，藏住那行字。

「啊、嗯。可能換印表機墨水時弄到了。」

「喔！畢竟剛才影印了一大堆東西嘛。」

說著，小唯露出苦笑。

古村部長交代我們準備大量資料，還要用釘書針裝訂好。為了這個，我和小唯一直忙到剛剛。說是十點的會議趕著要用，卻在九點四十五分才把原檔拿給我們。這間公司的人，根本沒把我們當人看。

「衣服會不會弄髒？要不要緊？」

「嗯，沒關係。」

小唯說「那就好」，探頭過來端詳我的臉。

「咲良，這口紅的顏色很棒耶，好適合妳。」

「……咦、真的嗎？不會太浮誇？」

「不會，一點也不。覺得表情都變開朗了，很不錯呢。」

留下天使般的微笑，小唯走進廁所。

我朝鏡子湊近，忍不住傻笑。

……果然如此嗎？說的也是呢。

其實，我自己也覺得，這個顏色出乎意料適合我。

洗完澡，正在剪腳趾甲，左手臂一陣麻癢。心頭一驚，勾玉出現在手掌心，一轉眼變成了神明。

「咲良美眉。」

神明用一副親暱的語氣叫我，還歪了歪頭。突然跑出來固然嚇了我一跳，「終於來了啊」的心情更是強烈。我朝神明逼近。

「喂，你未免太亂來了吧，不要擅做主張啊！」

神明絲毫不把我看在眼裡，嘻皮笑臉地說：

「誰教我是神明呢？」

………無言以對。

只能接受事實了。要是不快點滿足神明的要求，不但手臂上的字不會消失，還得忍受祂蠻橫的惡整，繼續這樣下去，沒辦法過正常日子。

「不然，至少不要從我手上進進出出的好嗎？有點不舒服。」

神明無視我的控訴，雙手捧頰宛如戀愛中少女般閉起眼睛。

「我喜歡小唯。」

我也很喜歡她啊。剛進公司的時候，第一個找我說話的人就是小唯。同一批進公司的新人裡，分發到同一個部門做行政工作的只有我們兩人，從此之後感情就一直很好。

去年得知她要結婚的消息真的很驚訝，聽到她說不會辭掉工作，我才鬆了一口氣。我每天能提起幹勁來這麼無聊的職場上班，都是因為有小唯在的關係。

「……我也是。身邊稱得上是朋友的人，只有小唯了。」

這麼說著，我也剪完了趾甲。半月形趾甲散落攤開的報紙上。說是報紙，其實只是被擅自投放在信箱裡的地方情報免費刊物。我把剪下來的趾甲倒進垃圾桶，報紙輕輕折起來放旁邊。

「噯、都沒什麼開心事嗎？」

神明說著，坐在我床上。坐在旁邊地板上的我，感受到一陣微風。

「嗯——」我支支吾吾地說不出話，要是有什麼開心事，我才想知道好嗎。

神明拿起我丟在床上的手機。

我驚呼一聲，還來不及阻止，祂就躺下來滑手機了。好吧，算了，祂高興就好。仔細想想，要說有什麼娛樂，現在的我也只想得出滑手機這件事。

神明比我想像中的還習慣玩手機。只見祂趴在床上抬起頭，嗶嗶剝剝玩了兩分鐘左右的消方塊遊戲。眼睛半睜半閉，一看就知道祂覺得很無趣。

輕鬆破關後，轉成仰躺姿勢，打開Facebook。我的帳號幾乎沒有發文，專門潛水看別人寫的東西。因為有一次被不是特別熟的其他部門前輩發現我有Facebook帳號，提出加好友的要求，我又拒絕不了。一開始就陷入不得不對她大量貼文按讚的痛苦，現在我都謊稱最近沒打開，裝作沒看到了。我本來就很少「朋友」，也沒什麼能對他人炫耀的事。Facebook要怎麼玩，我實在不太懂。

神明將畫面快速往下滑，瀏覽「朋友」們精采繽紛的投稿，只說了一句話。

「哼——」

說完，嘴角往下撇。

接著，神明打開Twitter。我的Twitter帳號沒有主題，也沒告訴任何認識的人，主動來追蹤我的帳號，頂多是些莫名其妙推廣自我啟發的機器人帳號，我也只是嫌麻煩才沒把對方設為黑名單而已。我自己使用Twitter，為的是追蹤分享立方體情報的歌迷或官方推文。除此之外，只有拿來發發牢騷。怎麼想也不認為這樣的帳號能討神明歡心。

「呵呵，好可愛。」

聽到神明這麼說，我探頭窺看，原來是小達代言的咖哩廣告看板，有粉絲拍了照片上傳。沒想到，神明居然會對小達有興趣。

我從架子上拿出立方體的精選輯，放進CD播放機。

音樂一流瀉，神明就從床上下來，跟著節奏搖擺身體。原來祂也喜歡立方體啊。

我哼著最喜歡的那首歌，是兩年前小達演的連續劇主題曲。神明也一起唱起來。祂不但知道這首歌，連副歌部分的舞步都完美呈現。

「♪地球因愛而轉動．唷♪」

唱到「唷」的地方，兩人同時握拳高舉。

好、好開心……

我懷著淡淡的期待，希望能就此討神明歡心，忍不住半開玩笑地說：

「唉，要是小達是我男朋友就好了。」

神明盤起雙臂，頻頻點頭。

「對啊，沒有比他更棒的男人了。」

話題獲得共鳴令我高興起來，接著說道：

「演唱會的票每次都抽不到。」

神明也表示贊同：

「真的，都不知道到底為何加入歌迷俱樂部了。」

「交不到男朋友，見不到小達，工作一點也不有趣，每天枯燥乏味，真的爛透了！」

我一番吼叫，忽然察覺不對，望向神明。

神明鼓著腮幫子說：

「討厭啦，一點也不開心。」

糟糕、搞砸了。不行，這樣下去無法討神明歡心。

「沒有其他好玩的東西嗎？」

神明鬧著脾氣，一邊這麼說一邊走向房間角落，拉開斗櫃最上方的抽屜。因為第三層放著內衣，我不得不發出阻止的聲音。

「等一下，你又擅自……」

「咦——這是什麼？」

神明拿出來的是個餅乾盒。我一時也想不起來那是什麼，從神明手中接過來。

打開盒蓋，裡面裝了滿滿各種顏色的玻璃珠、蠶絲線和手工藝五金。也有尖嘴鉗和斜口鉗。

差不多半年前吧，看到小唯自己做的串珠手環實在太可愛，我也學她買了幾套串珠DIY材料包來玩。有些珠珠乍看之下就像真正的珍珠或寶石，只要設計得好，甚至能做出風格沉穩的飾品。當時做的成品，因為害羞就沒給小唯看，最後也沒拿出來戴。

神明像個孩子般發出「哇……」的歡呼，我輕聲問：

「你要試試看嗎？」

「嗯！」

神明笑吟吟地正坐在矮桌前。

珠子裝在百圓商店買的整理盒裡。我大致按照顏色分類過，看上去色彩繽紛又整齊美觀。光是看著這些玻璃珠珠，心情就雀躍了起來。

播放機繼續放著立方體的歌，我和神明不時跟著哼唱，一起編起串珠手環。

用的是把珠珠穿過蠶絲線就好的最簡單做法。挑選喜歡的珠子，將蠶絲線前端穿過珠上的小孔，珠珠就會順暢地順著絲線滑過去。我以藍色為主色調，隨興挑選喜歡的珠子串起，成品給人清爽的感覺，看上去很不錯。最棒的就是用大顆玻璃珠搭配小顆土耳其石的組合了。藍色珠子之間夾雜透明的多面珠，對著日光燈舉起來看，散發閃閃發光的清涼感，不禁有點迫不及待夏天的來臨。對，其實我還滿喜歡這類東西的。蠶絲線兩端打個結，心滿意足地把手環戴在左手上。

神明串的是糖果色的塑膠珠，黃、綠、橘等顏色不規則排列。這種維他命色系也很可愛。滿有品味的嘛，神明。

收尾時神明多花了一點時間，我伸手接過祂做的手環，把蠶絲線打結後多餘的線頭剪掉，這就完成了。幫神明戴上左手，神明就高舉雙手興奮地大喊「耶——」。

這麼開心啊？我把剪下的線頭丟入垃圾桶，不經意瞥見放在旁邊的報紙。

【想不想用捷克珠製作看看？】

這篇文章的標題映入眼簾。

【一起用歷史悠久的捷克珠製作漂亮的耳環吧。報名就送飲料和甜點】

是車站前咖啡店舉辦的手作工作坊宣傳文，好像還會請到飾品創作者擔任講師，現場指導。

我坐在地上詳讀這篇文章。神明從後面跑過來，下巴放在我肩膀上。

「很棒耶，想去做做看。可是，咲良不報名的話我就不能去了。」

我不是對這類活動沒有興趣。老實說，我也想去做做看。捷克珠這東西，我還是初次耳聞，不知道做出來會是怎麼樣。充當活動場地的那間咖啡店，我經常從前面經過，外觀很可愛，也一直想進去看看。

可是，一個人去參加這種都是陌生人的活動，對我來說需要絕大的勇氣。

「啊、不過說不定已經預約額滿了啊。這時間店家也打烊了，來不及打電話去問。」

活動日期是這星期六。

聽我這麼一說，神明就躺在地板上，胡亂揮動雙手雙腳。

「不管──我就想去，妳要討我歡心啦～」

「……但是，參加這種活動……總覺得很緊張。」

神明依然躺在地上，瞪我一眼，朝我伸出食指。

「只要輪值沒有結束，那個就不會消失喔。」

祂說的是手臂上那行字。我沒來由地火大起來，也回瞪了祂一眼。竟然威脅人家，這神明真不像樣。

「不管怎樣就是要去——去玩捷克珠！」

神明躺在地板上滾來滾去。這裡是二樓，萬一一樓住戶抗議可就傷腦筋了。

「好、好啦，明天早上店開了之後，我馬上打電話去問。」

神明這才停止動作，嘿嘿一笑。接著，忽然又變回勾玉，鑽進我手掌心。不知何時，神明做的那串維他命色系手環，和我的藍色系手環一起掛在左手腕上了。

隔天早上，打電話到咖啡店詢問，對方用開朗的聲音回答「還剩最後一個名額喔，等您來報名」。得知還有名額的安心感，和這下非去不可的焦躁感兩相夾雜，形成複雜的心情。

到了星期六，神明依然沒有現身。可是，「神明值日生」那行字依然清晰印在手臂上，沒有消失。看來，我非得好好參加工作坊，討神明歡心不可了。

懷著忐忑的心情抵達咖啡店，一打開門，店員笑臉迎人。店裡的桌子全都併在一起，騰出寬敞的空間。

「請在這邊稍等。」

大概來得太早，其他參加者都還沒來。我坐在最邊角的位子，無所事事拿起手機滑了幾下，聽見「叮鈴」一聲，店門再度被推開。

往門口投以一瞥，與熟悉的面孔四目相對。

是聯誼時說想要馬的那個「白馬」小姐。白馬小姐似乎也馬上認出我，瞬間綻放笑容。

「妳是咲良吧？」

「……嗯。」

好厲害，她居然記得我的名字。雖然很高興，我卻不知道白馬小姐叫什麼。在意想不到的巧合和尷尬下，只好姑且堆出笑臉。白馬小姐一看我笑了，更毫不猶豫朝這邊走來，笑著問：「可以坐妳旁邊嗎？」

「啊、嗯，好。」

白馬小姐拉過我旁邊的椅子，再自然也不過地與我攀談。好巧喔，妳家住附近嗎？

白馬小姐說她家在與這裡搭電車相隔一站的地方，和父母同住。比我大一歲，和梨惠是去年參加網球社團認識的。一個人來參加活動的不安瞬間消除，我很快地開始覺得「幸好有來」，慶幸自己鼓起勇氣報名了。

不久，參加者陸續到場。總共有六人，其中只有一組是兩人結伴來的，其他都是單獨參加。

女性講師抵達後，工作坊課程在一片和氣中展開。有人默不吭聲低頭操作，也有人身體從頭到尾都跟著老師轉，結伴來的二人組很愛聊天。大家都按照自己的步調樂在其中，我發現根本一點也沒必要緊張。

白馬小姐積極提問，不管老師說什麼，她都會發出「是喔！」或「好有趣」之類的感想。

我只是在她身邊點頭。首先，為了勾住珠珠，得用圓頭鉗將鐵絲前端捲出一個「環」。

一邊動手，一邊漫不經心地想，白馬小姐大概對任何事都像這樣毫無畏懼，充滿活力吧。這樣的人，肯定做什麼都很順利。今天也是，她做出的耳環一定很完美，要是自己做得不好就慘了。

這麼想著，朝白馬小姐手邊望去，不由得嚇了一跳。

……做得真差。幾近毀滅的差。

鐵絲在她手中捲成了歪七扭八的形狀，甚至教人想不通到底要怎樣才能做得這麼難看。

「哇，咲良手好巧喔！這要怎麼弄啊？」

白馬小姐看到我手中的鐵絲，睜大雙眼問。

「欸、呃……就是，先把長的這邊彎成直角，再用鉗子捲起來，應該就能順利做出這個形狀了。」

「嗯？直角？」

拿出一條新的鐵絲，白馬小姐皺著眉頭，操作手中的圓頭鉗。

「然後呢？然後呢？」

「然後，短的這邊像這樣捲起來……」

「喔喔！成功了！謝謝妳！」

白馬小姐高興得眼神都發光，不知怎地，我也覺得好開心。

接著，掛上珠子後要再次捲起鐵絲，壓緊開口圈，用剪鉗剪斷多餘的鐵絲。

白馬小姐專注在細小的材料上，似乎陷入了苦戰。老實說，她真的很笨拙。可是，在這一連串程序的每個步驟中，她都能找到驚喜與感動，比在場任何一個手巧的人更樂在其中。

白馬小姐做的耳環，說得再客氣也稱不上好看，她卻一副心滿意足的樣子，還特地從位子上起身，拿去展示給老師看。

看著她的背影，我心想，好可愛的人啊。同時也感到羨慕。

工作坊結束後，咖啡店的人端上戚風蛋糕和飲品。

我配紅茶，白馬小姐配咖啡，我們一起享用了蛋糕。白馬小姐激動得雙頰泛紅這麼說：

「呀，太好玩了。真沒想到，製作這種飾品還得用到鉗子呢。飾品上常看到像戒指狀的小金屬圈，那東西原來叫開口圈啊，我記住了，真開心。」

白馬小姐是第一次動手製作飾品。我小心翼翼地問：

「妳為什麼會想來參加工作坊呢？」

「在地方情報刊物上看到介紹，『歷史悠久的捷克珠』這句話吸引了我，心想，這什麼東西？好像很有趣！就來啦。」

只為了這個理由。並不是特別喜歡手作或這類活動。

一開始，工作坊的老師在說明捷克珠的由來是十三世紀的威尼斯玻璃時，記得白馬小姐也聽得很專注。

「咲良呢？」

「我……以前做過串珠手環，最近又有點想再做做看。」

「這樣啊，難怪妳做得那麼好。」

我有點難為情。

「才沒有呢，其他人做得比我好多了。」

白馬小姐吃著戚風蛋糕，皺起眉頭說：「欸？」

「在這種地方何必跟人家競爭呢？」

我赫然一驚，朝白馬小姐望去。

對啊。她說得對。為什麼我連來這種地方都懷抱競爭心態呢。不、我沒打算跟人家競爭，只是忍不住像平常一樣掂起自己的斤兩，幫自己排名次了。

「戴起來看看吧。」

把蛋糕吃得一乾二淨的白馬小姐，伸手進包包裡掏出化妝包，拿出一個方形小手鏡。

「不好意思，幫我拿一下好嗎？」

我拿著白馬小姐遞過來的手鏡，將鏡面朝向她時，驚訝得忘了呼吸。鏡子背後貼著立方體的貼紙。

「那個、這是……」

看白馬小姐差不多戴好耳環了，我才指向貼紙這麼問，她立刻用爽朗的語氣回答：

「喔！妳說這個？這是立方體的貼紙。」

「這是初回限定版附贈的貼紙對吧？」

「咦？咲良也是骰子嗎？」

骰子指的是立方體的歌迷，取六面立方體的意思，大家都這樣暱稱自己，是歌迷之間的行話。

「嗯。算是。」

「是喔！妳最喜歡誰？」

「應該是……小達吧。」

「喔喔，小達很不錯呢，那種純真的感覺，簡直像個小精靈。我啊，最喜歡次郎。」

酷酷的次郎和小達完全不同類型，長得像個模特兒。全名是蕗島次郎，大家都叫他次郎。

「哎，沒想到世界上竟然有這樣的美男子，不小心遇上了。」

我發出苦笑。

「是啊，不過，雖然遇上了，演唱會的票卻怎麼也抽不中，他們也不可能屬於我。」

「這是當然的啊，他們可是大明星。對我們來說，是和月亮或金星同等級的存在。」

白馬小姐笑著喝咖啡。

「不過啊，有時一直看著月亮，不覺得好像和月亮在一對一說話嗎？喜歡的東西單純只是喜歡，覺得很美好，看著他們，自己也產生幸福的心情，這樣就很有心靈相通的感覺了，不是嗎？所以，我擁有『屬於我的次郎』，這樣就好。有多少個歌迷，就有多少個次郎啊。」

白馬小姐的耳環搖擺。在來自窗外的午後陽光照耀下，古典的捷克珠呈現難以形容的美妙色澤，散發高雅的光芒。

有多少個歌迷，就有多少個小達。這表示，也有屬於我的小達嘍？

白馬小姐看看手錶。

「哇！已經這時間了，等一下我還要去上英語會話課。」

怎麼辦，我還想跟白馬小姐多聊一點。

至少……至少得先問她叫什麼名字。

「喜多川小姐，剛才跟妳說的那場活動，這邊有傳單喔。」

老師遠遠朝這邊喊。

「啊、好的——那先這樣嘍。」

白馬小姐站起來，對我輕輕揮手。

……她姓喜多川嗎？我喝著涼掉的紅茶，目送一頭短髮的她踩著輕快腳步走出門外。

這是個月圓之夜，我站在公寓陽台，仰望天上圓圓大大的月亮。

的確，如果一直盯著看，就會覺得月亮好像也在看我。

不只是我，地球上所有人一定都有同樣的感覺。這麼一想，再次產生一股不可思議的心情。明明月亮只有一個啊。

喜歡的東西，覺得美好的東西，只是看著就會產生幸福心情的東西。

我喜歡什麼呢？

才想到這裡，左手臂就麻麻癢癢的，神明又突然現身了。

「我喜歡那個女生。」

神明喜孜孜地說。那個女生，祂說的是喜多川小姐吧。

「嗯，她人很好耶。」

聽我這麼回答，神明就抓住陽台欄杆，一邊說「我也喜歡捷克珠」一邊抓著欄杆做起仰臥懸垂臂屈伸。

「我也喜歡那間咖啡店，室內裝潢很時髦，蛋糕也好吃。還想再去。」

和神明並肩站著眺望外面，春天的晚風吹來舒暢。樹木枝葉搖曳的聲音好溫柔，一閃一閃的星星好美麗。朝人行道望去，看見一隻流浪賓士貓走過去。真可愛。

這些東西沒有一樣屬於我，卻妥貼融入我的心。光是看著這片總在身邊但平凡無奇的景色，就能獲得一點點幸福。

神明笑咪咪的，心情似乎很好。我問：

「你開心嗎，神明？」

「還可以啦。」

神明歪了歪頭。還可以……還差一點是嗎？看來，神明值日生沒這麼容易卸任。

不過，總覺得好像抓住訣竅了。還差一步，或許就能討神明歡心。

星期一下午三點半，我坐在自己位子上，一邊操作Excel表格，一邊吃巧克力甜甜圈。

除了麵團裡揉入巧克力，上面還淋了巧克力醬，不只如此，更毫不吝嗇地撒上堅果碎粒，可以說是恐怖的高卡路里甜點。這是我平常只會看不會買的減肥大敵，今天卻拿在手上大快朵頤。

剛才跑腿回來的路上順便去了便利商店，本來是為了買提神醒腦的薄荷涼糖。當下，忽然冒出不好的預感，結果果然不出所料，左手擅自抓起了甜甜圈。就算想阻止也沒用。左手將甜甜圈放在結帳櫃檯，又迅速拿出IC卡結帳，現在更是俐落地單手拆開包裝，將甜甜圈送到嘴邊。

真拿祂沒辦法。我吃就是了嘛。

古村部長走過來，一臉正經地說：「好像很好吃耶。」講話語氣還是那麼酸溜溜的，一定是在挖苦我上班時間吃點心的舉止沒有常識。

「不好意思。」我一邊道歉一邊把甜甜圈塞進嘴裡。做的跟說的是兩回事。

「補充糖分也很重要啊，等一下再去也沒關係，幫我把這送去財務部。」

古村部長面無表情地說著，把一份文件放在我桌上。

我回答「好」，吃完甜甜圈，再把Excel表格處理到一個段落。

其實古村部長說的或許沒錯，不知是否補充了糖分的關係，總覺得腦袋很清楚，做Excel表格的速度也很快。甜甜圈的效果似乎比薄荷涼糖好。

過去因為擔心發胖或長痘痘，我一直忍耐著不吃甜食。不過，偶爾吃吃也不錯。

好像打起精神了。吃好吃的東西，心情也能獲得滿足。以為古村部長會繼續嘮叨，結果也沒有。

我把完成的Excel表格儲存好，帶著文件起身。

我們的辦公室在五樓，要從這裡去二樓的財務部時，在電梯裡遇見小唯。

「啊、小唯。」

我輕聲叫她，不知為何，小唯笑得有點勉強。確認沒有其他人要搭電梯後，小唯迅速說出令我大受打擊的話。

「那個啊……咲良，我做到這個月底就要離職了。」

「……咦？」

「我從以前就想當織品設計師，也去上了設計學校的夜間班。在學校老師的介紹下，之後要進一間設計公司當助手。」

「欸、欸、欸？」

「謝謝妳的諸多關照，我已經跟部長說了，請他不要幫我舉辦送別會。不過，最後上班那天，我們一起吃個中飯吧？」

我還搞不清楚狀況，只能回答「嗯」。三樓到了，小唯逃也似的跑出電梯。

三樓是總務部所在的樓層。

……………呃。

我張大的嘴巴還來不及闔上，二樓就到了。

電梯開門前的那聲「叮」，聽在耳裡有種莫名的惆悵。

小唯就要從職場上消失。

回到家，我把買回來的炸肉餅便當放在桌上，身子往床上倒。

唉——唉。

想起電梯裡那幾十秒間的事。迅速把話說完的小唯。電梯門打開後離去的背影。眼淚撲簌簌流下。這時，左手臂一陣麻癢。砰。

「…………好感傷喔。」

神明出來了。

隱約有感覺到祂會現身，所以我不太驚訝。

神明在我身邊嘀咕。

「五月開始該如何是好啊……」

「沒辦法啊，換工作是小唯的自由。」

我是這麼想沒錯，但是內心深處確實有個無法支持她的自己。

得知小唯要辭職當然很難受，可是老實說，偶爾也曾想像過這個可能性，儘管不安，多少還是有點心理準備。

我之所以如此大受打擊，是因為、是因為——

這麼重要的大事，竟然是趁在電梯裡巧遇的短暫時光告知。

連古村部長都比我先知道。

小唯和我走得近，單純因為同一個職場上沒有其他年齡相近的人了吧。我連她想當織品設計師和去設計學校上課的事，都沒聽她說過。

或許只有我單方面認為彼此是朋友。

神明霍地起身，坐在床上。

「我討厭小唯。」

「……別這樣。」

討厭。討厭討厭討厭。神明低聲嘟噥。

我摀住耳朵。

可是，神明的聲音還是持續清楚地傳入耳中。

「裝成溫柔可人的樣子，誰知道她肚子裡打的什麼主意。」
「別說了。」
「結果還不是做做表面工夫。」
神明哇哇大哭起來。
「拜託你別說了，神明。」
「什麼好處都佔盡，小唯真奸詐！長得可愛，結了婚，還能做自己喜歡的工作！」
「我都知道，你別說了嘛！」
我猛地翻身坐起來，緊緊抱住神明。
雙臂用力，緊緊抱住祂。
是啊，很難受吧，神明。
先前什麼都不說，小唯真的太過分了。我們明明那麼常膩在一起。
明明我是那麼喜歡小唯，我最喜歡小唯了。

可是我知道，我真的知道。

就算只是同事之間的交情，小唯總是那麼溫柔體貼。我不小心犯錯時，她會在旁人發現前幫我挽救，也會在前輩嫁禍給我時拚命幫我說話。再艱難的工作，只要跟小唯一起就能笑著克服。小唯的存在，不曉得幫了我多大的忙。

「好了好了，沒事了。」

我摩挲神明的背。嗚咽抽泣的神明漸漸鎮靜下來，把頭靠在我胸口。

我要怎麼看待小唯是我的自由，同樣地，小唯要怎麼看待我也是她的自由。

小唯是我崇拜的對象，我想成為她的摯友。可是，我也知道自己沒有那個能耐。所以，我還不是因為出於自卑，沒有告訴小唯太多關於自己的事。拉開彼此之間距離的不是只有小唯，我也一樣。

我慢慢對神明說：

「……小唯為了實現夢想很努力呢。」

神明默默點頭，我繼續說：

「小唯她……果然是很棒的人。」

「嗯……」

「或許還需要一點時間，才能真的打從心底說出『太好了』……那麼至少，最後還能和小唯共度的這些日子，就讓彼此開心度過吧。畢竟，感傷和感謝都是真的。」

神明再度微微點頭，把眼淚擦在我胸口，吸了吸鼻涕後，又咻地化為小小的勾玉，鑽進我的左手。

「……每次都這樣突然不見。」

我輕輕一笑。

那行「神明值日生」的文字依然沒有要消失的意思。不過，和輪值的事無關，我萌生了想讓這位任性神明開心的念頭。

下了床，燒開水。

泡壺茶，一邊吃炸肉餅便當，一邊想接下來該怎麼辦。環顧屋內，視線停留在斗櫃上小盤子的飾品。捷克珠做的飾品。

我想起神明說「喜歡那個女生」。

……喜多川小姐。

咀嚼著炸肉餅，拿起智慧型手機。

對了，我怎麼一直沒想到呢。來參加聯誼的喜多川小姐也是梨惠的朋友，在梨惠的Facebook好友裡，或許能找到她。

我放下筷子，久違地打開Facebook的應用程式。

快速瀏覽動態時報頁面，還沒找到梨惠的貼文，就在「你可能認識的朋友」欄看到很像喜多川小姐的人。名字是喜多川葵，從看似在某山頂比著「YA」手勢拍下的照片看來，應該就是她沒錯。

那張照片底下，「加朋友」的按鈕正對我招手。

「朋友」啊……

我暫時把手機放在桌上。

我從來不曾在Facebook裡主動加朋友。別說Facebook了，甚至是吃飯或看電影，我都不曾主動邀約過誰。

自己不主動邀約，是因為害怕被拒絕。就算沒有真的被拒絕，我也擔心對方其實只是勉強答應。

我們或許算是認識的人。

嗯，對。喜多川……我和喜多川小姐，或許算是「認識的人」。

這樣的關係，在按下這個按鈕後，就能輕易「變成朋友」嗎？人的心情和人際關係，是這麼單純的東西嗎？就像這次小唯的事，說不定到處都存在只有單方面抱持好感的表面關係。

等等喔。我重新伸手去拿手機。

既然喜多川小姐會出現在我的動態時報頁面，就表示我說不定也會出現在她的「你可能認識的朋友」欄。她記得我的名字叫咲良，又看得到共通朋友梨惠，只要喜多川小姐有那個意思，她早就該對我提出加朋友的邀請了。要是那樣的話，我一定樂於按下「確認」按鈕，不需懷抱任何一絲不安，就能和她成為朋友。

我點點頭，再次把手機放回去。拿起筷子。

……可是——

可是我，總是像這樣等待，我要再次等待嗎？

聯誼也好，工作坊也好，我都只是在等待別人找我攀談。

等待開心的事降臨自己身上，等待好運落到自己頭上，從來不主動採取行動，只是等待。

要繼續這樣等下去嗎？連一個人的名字也不肯去記住。

一個深呼吸後，我拿起手機。

按下「加朋友」的按鈕，打開私訊頁面。接著，食指點向書寫私訊的欄位。

妳好。

我是前幾天跟妳一起參加捷克珠飾品工作坊的水原咲良。

不嫌棄的話，請確認我的好友邀請！

我反覆讀了五次，沒有過與不足。

屏住呼吸，將訊息送出。

不是左手強迫我這麼做，是右手，出於自己的意願。

呼一口氣，手搗著胸口。

這種時候好希望能看見神明，祂偏偏不知道去哪了。

送出訊息後，我又反覆讀了好幾次。確定沒有任何會讓對方看了不愉快的地方。不、或許加朋友這件事本身就很厚臉皮了吧。要是被裝作沒看見，心裡一定會很難受。喜多川小姐在回覆我的訊息前，會不會去跟梨惠說什麼呢？

消極負面的想像不斷湧出，我終於承受不住，把私訊頁面關掉。

為了重振精神，正打算繼續吃便當，手機發出通知收到訊息的聲音。嚇得我筷子都掉了。

戰戰兢兢打開私訊頁面，真的是喜多川小姐。

咲良，謝謝妳加我好友！

我也一直後悔沒問妳聯絡方式，能聯繫上真是太好了。

如果妳也有興趣，要不要一起去木崎老師的手作活動看看？

胸口的大洞瞬間被某種溫暖的東西填滿，全身虛脫無力。

她回訊息了。不只回了，還提出善意的邀約。

「太棒了！」

左手臂一陣痠麻，神明倏地現身，高興地蹦蹦跳跳，又像花式溜冰那樣原地轉一圈後，再度鑽回我的左手。

木崎老師就是那天工作坊的講師，喜多川小姐說的活動，印在她當時拿的傳單上。原來是各種手工藝創作者在百貨公司特別設置的會場舉辦大型市集。飾品、甜點、小型皮件、插畫……每個攤位都經過精心擺設，吸引了大量人潮。

我們先造訪木崎老師的攤位，喜多川小姐在這裡買下一條豪華項鍊，跟老師閒聊了一會兒，再一個一個逛起其他攤位。

「每個攤位都好可愛耶，真熱鬧。」

喜多川小姐東張西望地說。

「能像這樣販售自己做的東西，一定很有趣。」

聽我這麼一說，喜多川小姐便用力點頭說：「絕對很有趣的。」

差不多花一小時把整個會場逛過一圈後，我們又去了二樓的冰果室。那些美麗的甜點比我平常買來當晚餐的超市便當還要貴，但是，只要跟喜歡的朋友一起吃，就一點也不覺得貴了。

喜多川小姐點了草莓聖代，我點水蜜桃慕斯。等待甜點上桌時，我們各自拿出「戰利品」放在桌上。

我小心翼翼拿出猶豫很久才買下的彩繪玻璃風格相框。再次仔細端詳，還是覺得好漂亮。包裝裡有張小卡，上面簡單寫著製作這項作品的玻璃工匠簡介。據說他深受玻璃魅力吸引，當了三年上班族後，辭職拜入玻璃工房的師傅門下。這讓我想起小唯，不禁嘆了口氣。

「做自己喜歡的工作真好，能辦到的人好令人羨慕。」

喜多川小姐「嗯」了一聲，歪了歪頭說：

「對啦，話是這樣說沒錯。可是，反過來想，從工作中找出喜歡的東西也很有趣喔。」

我抬起頭。

「喜多川小姐從事什麼樣的工作？」

「叫我小葵就好了啦。」

就算她這麼說，我也無法馬上改口。

「那……小葵小姐，妳的工作是什麼？」

小葵小姐皺了皺鼻子，可能不太滿意「小姐」這個稱呼。即使如此，她還是回答了我的問題。

「我在做電力工程的公司當行政，是個只有八人的小公司喔。」

這答案令我有些意外。在我的想像中，她不是任職於大企業，就是某種行業的專業人士。

不過，我馬上就發現自己這想法有多膚淺。公司是大還是小，和她是否過著充實生活一點關係也沒有。聽到她和自己一樣做行政工作就鬆了一口氣的我到底在想什麼，真的太愚蠢了。

「唉，我真的很沒用……」

聽到我如此自言自語，小葵小姐視線在空中游移。

「我是不知道咲良哪裡沒用啦，不過，妳能這樣反省自己，已經很棒了喔。連身邊的人都放棄了也沒發現，還以為自己絕對沒錯，一心認為自己一定正確的人還比較值得同情。」

這時，甜點端上桌了。小葵小姐迫不及待地舀起冰淇淋說：

「我們社長可能就有點這種問題，總是一副趾高氣揚的樣子。」

這話題使我有所共鳴，向前探身說：

「我們部長也是！說話老是酸溜溜的。小葵小姐，對上司火大的時候，妳都怎麼做？」

「偷偷幫他取個綽號。」

小葵小姐咬著湯匙，咧嘴一笑：

「綽號？」

「嗯，社長姓福永，因為他老是在生氣，我都在心裡偷稱他『福氣氣』。每次火大的時候就想，吼，真拿這個愛生氣的福氣氣沒辦法。」

我忍不住噗哧一笑，這綽號也太可愛了吧。要是古村部長的話，該取什麼綽號才好呢？

小葵小姐眼神望向遠方，忽然漾柔微笑。

「這麼一來啊，心情就會變得平靜，很不可思議喔。心想，對啊，畢竟那個人他拚命創立了這間公司嘛。社長太太負責公司會計，一星期會來公司三次，聽說太太感冒的時候，社長還會煮稀飯給她吃呢。可見社長人也不是壞嘛。就算不是我，只要世界上有人能看到他溫柔的一面，福氣氣的存在就是一件好事。把每天都會見面的人想得一無是處，只會讓自己活得無趣而已。」

只會讓自己活得無趣。

我至今一直在過這種無趣的生活嗎？

我把臉湊到小葵小姐眼前。

「妳剛才說的，從工作中找出喜歡的東西是什麼意思？」

「比方說，人家叫我影印，我就會燃起鬥志，想說要印出一公釐都不差的影本給對方，讓他分不出哪個是正本，哪個是影本。還有，泡茶的時候也是。夏天的時候，大多會端冰麥茶給客人喝。可是，我會記住某人夏天也喝熱茶，這種時候端出熱茶，對方就會很高興。」

「……原來如此。」

「還有啊，茶水間的擦手巾。立方體的團員不是各有代表色嗎？我也會按照自己當天的心情選擇擦手巾的顏色。比方說今天是次郎紫，明天是小達綠，感覺就像立方體陪我一起工作，超開心的呢。」

小葵小姐笑得露出牙齒。

「聽起來真不錯。即使是毫無長處的我，應該也能辦到。」

我舀起慕斯這麼一說，小葵小姐就換上嚴肅的表情：

「或許我這麼說有點誇大，但是人生啊，只要開心的事就去做，這是最重要的喔。有沒有意義啦，或是能不能賺錢啦，這些都是其次，和自己有沒有長處或才華也沒有太大關係。我認為更重要的是，是否具備在這世上活得精采的能力。用這種方式過日子，或許就會慢慢明白自己真正想做的事是什麼了吧。」

小葵小姐從我身上別開視線，看著聖代說：

「我也還沒找到足以震撼自己內心，感覺非做不可的事。可是，我想我一定會找到的，現在正在尋找中。」

把草莓放進嘴裡，她露出促狹的笑容。

幾天後，古村部長交給我一個小紙箱，要我「搬去資料室」。裡面裝了許多厚厚的型錄，重得很。不過，即使是這種吃重的勞力活，他也滿不在乎叫我做。

「隨便找個地方放就好。」

我先去三樓總務部借了推車再回五樓，然後推著紙箱前往資料室所在的地下一樓。一邊想著「真麻煩」，一邊思考能不能從這項工作中找出什麼好玩的地方。可是，這真的很難，我想不出來。就連古村部長的「可愛綽號」都想不到好點子。

打開資料室的門鎖，到處都是海報、資料夾或型錄之類的東西，亂七八糟地堆放著。這就是大家都「隨便找個地方放就好」的結果。

這箱東西可以直接放地上嗎？我在鐵架角落勉強找到一個可以塞進箱子的空間，集中臂力從推車上抬起紙箱放好，完成任務。

沒有其他急著待辦的工作，在這邊偷懶一下好了。我環顧資料室內。

書架上放著陳舊的書。

隨機抽出一本名為《依使用目的搜尋‧字型範本一覽》的大開本書。翻開一看，裡面收錄了各式各樣的字型。

我拉起長袖上衣的左邊衣袖，對照手臂上至今仍未消失的「神明值日生」，這行字使用的，似乎是森澤公司的「Gothic MB101B」字型。

是喔，真有趣。森澤是誰的姓氏嗎？雖然我本來就知道字型有名稱，但像這樣列出一覽表來看，總覺得這些字型好像都有了生命。

我翻閱了這本書一會兒，才又放回書架上。

話說回來，這書架也真是亂七八糟。至少該按照書本高度或類別擺放吧。

我抽出書名與「字型」相關的幾本書，集中放置在同一個地方。瞬間，忽然產生一股動力。接著又陸續按照「設計」、「色彩」和「圖片」等主題，分門別類整理好，暫時放在地上。

完成分類後，便按照各自的類別歸位上架。自己都覺得這樣看上去好找又清爽多了。啊、真有趣，我這麼想。儘管沒有人拜託我做這件事，也沒有人會稱讚，連一塊錢都賺不到。不過，想在這世界上把生活過得有趣，或許靠這些小事就足夠。

差不多該回辦公室了，正當我握住推車把手時，資料室的門打了開。

「水原小姐，妳在嗎？」

是古村部長。糟糕，他要來罵我偷懶了。

「不、不好意思！」

我情不自禁道歉，部長皺起眉頭。

「太好了，妳沒事。遲遲沒看到妳回去，我擔心了一下。因為資料室很亂，想說妳會不會被倒下的書架壓住。」

「我沒事，不好意思。」

再次道歉，古村部長依然連笑也不笑一下。

看著這張臉，我忽然想起在同一站等公車的那個大叔。赫然發現，把古村部長的表情解釋為挖苦酸人很簡單，可是，實情或許不是如此。只是自己戴著有色眼鏡看人罷了。我發現部長是真的為我擔心，內心一陣感動。過去可能都是我自己被害妄想過頭了。

古村部長朝書架看了一眼，向前探頭說：「喔喔？」

「好厲害，書變得很好找了耶。咦？這是水原小姐妳整理的嗎？」

「……就覺得有點看不下去。」

「是喔，謝謝妳。」

部長直率道謝，抽出我剛才看的那本《依使用目的搜尋．字型範本一覽》，啪啦啪啦翻閱起來。

「這本書是我剛進公司時買的，光是看著上面各種活字就令人雀躍。」

「森澤是誰的姓氏嗎？」

我這麼問，古村部長視線停留在書上回答：

「是森澤股份有限公司的創辦人，森澤信夫先生的姓氏喔。他是日本第一個發明照相排版的人。啊，像水原小姐這樣的年輕人，大概不知道什麼是照相排版吧。現在的檔案都數位化，排版一下就完成了，可是就在不久前，還得用活字印刷……」

接著，古村部長激動地講解了一番活字印刷技術的歷史。他真的很喜歡印刷這個領域呢，我還是第一次看到古村部長這麼生氣勃勃的樣子，忽然產生一股親切感。

「活字就是啊……」看到這麼熱情解說的古村部長，我覺得很好玩，想到可以幫他取個綽號叫「活字」，不由得一陣開心。對啊，小葵小姐幫他們社長取「福氣氣」這個綽號時，說不定也是這種感覺。不是去把不對盤的上司想得一無是處，而是懷著親切感來為對方想綽號。

古村部長闔上書，朝我轉頭說：

「高木小姐不是要辭職了嗎？雖然她說不用幫她辦送別會，看到員工離職去追尋自己的夢想，實在很想幫她好好慶祝一下。」

高木小姐就是小唯，我什麼都沒說，只是笑一笑當作回應。

「不過，她有特別提到說，一想到要跟水原小姐分開就很難過，還差點哭了呢。她說，好幾次都想告訴妳這件事，卻都難過得說不出來。妳們兩個感情真的很好。」

我發不出聲音。

小唯竟然說了這樣的話。

電梯裡的告知背後，原來隱藏了這樣的心情。

說不定，小唯也是個笨拙的人。我抬起頭強忍淚水。

「好嘍，該回辦公室了。」

在古村部長提醒下，我緊緊握住推車把手。

我打算在手作活動上買下的那個彩繪玻璃相框裡，放進員工旅遊時和小唯一起拍的合照，在最後一天吃午餐時送給她。

黃金週假期最後一天，是個晴朗的好天氣。

舉辦跳蚤市場的空地上，聚集了許多人。

「咲良～客人問這個還有其他顏色嗎？」

正在應對顧客的小葵，高舉我做的紅色串珠戒指這麼問。

我從箱子裡拿出存貨。銷售量比想像中好，一放上去就賣掉，所以我沒有一次擺出所有商品。

當我靈機一動提出在跳蚤市場擺攤的建議時，小葵興致勃勃地答應了。之後，我們幾乎每天都在討論和準備。小葵拿出家中放著沒用的東西，整理乾淨出售，我則盡可能製作了大量的串珠飾品。

還有，我們將攤位名稱取為「SASA」，取咲良的「S」和葵的「A」組成❷。去百圓商店買了S和A的印章，價格標籤和裝商品的紙袋上都印上「SASA」字樣。光是這樣互相提出創意點子，就足以讓人情緒激昂。即使根本沒有必要，但光是做了有趣、感到開心，對我們而言就是最重要的事。

「還有白色和藍色。」

我將串珠戒指放在托盤上，走到客人身邊。那是一對看似高中生的情侶。穿

❷日語中　良讀音SAKURA，葵讀音AOI。

著清純可愛洋裝的女生，和揹著單眼相機的清瘦男生。

我把托盤遞給女生。

「要試戴看看嗎？串珠繩用的是彈力絲線，尺寸應該沒問題。」

我和小葵穿著一樣的短袖T恤，從衣袖裡伸出的左手臂上什麼字都沒有。

當我傳LINE跟小葵說想參加跳蚤市場，彼此來來回回傳訊了幾次後，收起手機時，忽然發現手臂上的字已經消失。

看來，神明覺得心滿意足，我也終於不用再輪值。

總覺得有點寂寞，但也有點自豪。

情侶檔的女生選了白色的戒指，輕輕戴在自己右手無名指上。這個戒指和她纖細的手指很搭，她朝天空伸展五指，像在確認戒指的光芒。

「喜歡嗎？」

男生問，女生表情羞赧，微微點頭。

「請給我們這個。」

男生從牛仔褲口袋裡拿出錢包。

女孩略低下頭，好像很高興。看到這樣的她，男生顯得更高興，我也忍不住微笑。現在在這裡的四個人裡面，我肯定是最幸福的一個。因為，我做的戒指成為這麼幸福的禮物。

兩個年輕人低聲交談，從攤位旁離去。走在擁擠的人群中，男生不露痕跡地護著女生。

「噯、小葵，我還是想遇見白馬王子啦。」

我這麼說，正在重新貼標籤的小葵好像沒聽清楚，反問我：「妳說什麼？」

「沒什麼。」

我笑笑搖頭。

不過，我想要的不是王子騎白馬來接我。因為，我也想騎著自己的馬。並駕齊驅，騎在各自的馬上，前往各式各樣的地方。有時分頭行動，各自去自己想去的地方，有時約在某處碰頭也不錯。

能討我歡心的是我自己。

不再等待什麼時候才輪到我。

主動參與世界吧。我伸長手，用這隻手牢牢抓住機會。

松坂千帆

（小學生）

勝出生時我三歲，當時的事不太有記憶了。

媽媽從助產院帶勝回家那天，聽說我非常非常開心。聽說我試圖把勝裝進琴譜袋裡，帶勝一起去鋼琴教室。這件事媽媽念念不忘，不曉得聽她講過幾萬遍了。可是，當時的情形我早就忘得一乾二淨。實際上的感覺，比較像是回過神來，自己就有一個弟弟了。

「勝」的讀音是「SUGURU」。我這個弟弟瘦巴巴的，頭腦又不好，整個人弱不禁風。我從來沒看過勝「勝過」誰，他根本撐不起這個名字。

過完黃金週假期的上週五，學校舉辦春季教學遠足。我們六年級去日光，三年級的勝去江之島。回到家，只見勝扛著一把木刀，喜孜孜地炫耀「這是土產店的最後一把」。聽說他連晚上睡覺都帶著那把木刀進被窩。這麼說起來，我們班上也有很多男生在日光買木刀。為什麼是木刀呢？我不能理解男生的想法。

今天早上也是，勝連早餐都不吃，在院子裡發出「喝啊——！」的怪聲，手中揮舞他的木刀。晴朗的星期一早晨，種在院子裡的纖細櫻花樹綠葉茂密，繡球花青澀的花苞正準備綻放。爺爺站在簷廊看勝，高興點頭說：「很有精神，很有精神。」

這棟老平房，是爸爸出生成長的地方，爺爺奶奶現在也還住在這裡。今年四月到七月，我們一家四口暫時搬來和爺爺奶奶住。我們原本住的透天厝，在距離這裡開車十分鐘左右的地方，因為廚房老舊需要修繕，爸爸便決定一起裝修其他幾個地方，順便擴建。

我明年就要上國中了，爸爸說順便趁此機會，增加家裡的房間數量。過去我都和勝共用房間，真的很討厭。所以，對我來說，家裡整修是很開心的一件事。

爺爺奶奶家有很多房間，我早就嚮往擁有自己的房間，便央求奶奶讓我單獨住一間。雖然只是用來放置雜物的三坪和室，裡面也還放著紙箱和衣櫃，但是爸媽幫我把平時練習用的小型鋼琴也搬過來，已經夠心滿意足了。看到門口貼著自己用厚紙做的「千帆」名牌，奶奶笑著說「這裡是千帆房」呢。

勝和爸爸媽媽一起睡大間的和室。爸爸工作忙，總是很晚回來，偶爾勝就會一個人去爺爺奶奶房間睡。這種時候，總聽得見他鑽進棉被裡搗蛋的聲音。

鄰居阿姨經過家門前時，隔著矮牆往庭院一看，露出微笑。爺爺對阿姨點頭打招呼，臉上滿是自誇的笑容。

「你要繼續住下去也行喔。」

爺爺瞇著眼睛對勝說。勝好像沒聽見，忙著埋頭與看不見的假想敵對戰。

「姊姊，去公車站的路上會經過郵筒吧？幫我把這投進去好嗎？」

說著，媽媽交給我兩張明信片。

從這個家走路上學太遠了，我和勝在老師許可下搭公車通學。雖然只有這四個月就是了。起初媽媽拜託我「帶勝一起去」，後來我總是等不及就先出門了。公車站名叫「坂下」，我都搭七點二十三分的公車。要是搭到七點三十八分的下一班，上學的時間就會很趕。我可不想配合慢吞吞的勝，搞得自己遲到。

「啊——肚子餓了。」

勝直接從簷廊走上起居室。餐桌上的火腿蛋都已經涼了。把木刀放在椅墊旁邊，勝拿起筷子。

媽媽把飯碗放到勝面前，我已經吃完早餐，一邊將餐具疊起來一邊問：

「為什麼男生都喜歡木刀啊。」

「看起來很無敵不是嗎？」

飯冒著熱氣，勝指著丟在榻榻米上的漢字練習本：

「再說，我的名字裡也有『刀』這個字啊。」

練習本封面歪七扭八地寫著勝的名字。我在「勝」這個字裡找「刀」。

「……勝，那是力，不是刀喔。」

「欸！真假！是喔，我現在才知道。」

勝「啊哈哈」地笑了，我傻眼到說不出話，這傢伙連自己的名字都搞不清楚。

我站起來，把餐具端到廚房。該出門上學了。

「啊、對了，姊！」

把火腿蛋放入口中的勝，叫住正要離開的我。

「妳知道鼻屎吃起來有火腿的味道嗎？」

——沒水準到了極點。

「不必知道那種事！」

我用力跺地咆哮。真討厭這樣的弟弟。又笨又髒，也不會陪我玩，只會說些無聊透頂的話。

坐在簷廊的爺爺，朝餐桌這邊悠悠地說：

「好好相處啊，你們兩個可是手足。」

「手足？」

第一次聽到這個詞彙。看我一頭霧水的樣子，爺爺慢條斯理地在和室椅上坐下來。

「意思就是，同一個娘胎出生的兄弟姊妹，也就是同胞。」

媽媽這次給爺爺端了茶。喝一大口茶，爺爺哈哈哈地笑了。

抵達公車站，高中生大哥哥和看似粉領族的大姊姊已經站在那裡排隊，我排第三個。再加上穿西裝的叔叔跟一個外國男人，這五個人就是平常等七點二十三分這班公車的所有成員。我們都認得彼此的臉，只是從來沒有交談過，只是默默等車。

我朝身旁的大姊姊瞄一眼，她穿七分袖的蓬蓬罩衫，手上戴可愛的串珠手環，看上去好時尚。不過我知道，大姊姊雖然外表文靜，其實很勇敢。在公車上，我看過她要求坐在博愛座裝睡的叔叔讓座給孕婦。我覺得她超帥氣的，後來就一直很崇拜她。

要是我也有姊姊多好。她一定會教我很多事，有問題也可以找她商量。

公車從長長的坡道另一端慢慢駛來，我們大家又默默上車。

在離小學最近的一站下車，走在通學路上時，遇見同班同學美波。她牽著今年四月剛上小學的妹妹麻波，六年級和一年級的身高差距很大，蹲低身子不知道跟麻波說什麼的美波，看起來就像個小媽媽。感情這麼好的姊妹也很難得。

「啊、千帆，早安。」

美波對我微笑。麻波也笑著輕輕點頭。嬌小的個子，使她肩上的書包看起來格外的大。

我對麻波手上的手提袋有印象，上面印著動畫角色魔法少女艾蜜莉。這個手提袋原本是美波的。察覺我的視線，美波笑著說：

「因為麻波說她想要，就給她了。我自己請媽媽再買一個更大的來用。」

原來是這樣啊，現在美波手裡提的是一個紅色格紋手提袋。我輕易就能想見，這個袋子總有一天也會傳下去給麻波。

「姊姊給我的！」

麻波對著我高舉她的手提袋，似乎一點也不嫌棄接收「姊姊用過的東西」。

能接手使用最愛的姊姊用過的手提袋，她好像打從心底感到開心。

好羨慕美波，要是我有這麼可愛的妹妹，一定也會對她很溫柔。一起玩娃娃或編繩，還可以一起看少女漫畫。自己不用了的包包或穿不下的衣服，妹妹願意開開心心接收那就太棒了。把原本屬於我的東西轉讓給妹妹時，爸爸和媽媽一定也會察覺做姊姊的我的成長。

去年聖誕節，爸爸問我想要什麼，我說「手錶」，他就買給我了。說這話對爸爸很抱歉，但是打開盒子時，我好失望。

刺眼的粉紅色錶面上，魔法少女艾蜜莉對著我笑。沒錯，三年級前的我確實很喜歡艾蜜莉。可是，我現在想要的不是卡通人物的周邊商品，而是淡粉紅色有漆皮錶帶的成熟手錶。明明有先拿雜誌上刊登的照片給他看，爸爸卻好像只記得我想要「粉紅色手錶」。

爸爸一點都不懂。他一定以為我還是小孩子。去鋼琴教室時，不得已只好戴上艾蜜莉手錶，勝接收這只手錶的那天絕對不可能到來。

三人一起走在人行道上，我問：

「美波，妳還記得麻波出生時的事嗎？」

「嗯，記得啊。她出生隔天，我去醫院看到她睡得好熟，好像天使。」

天使，天使啊……

就我記憶所及，勝在我眼中從來不曾像個天使。

美波用充滿慈愛的眼神看麻波。

「不過，不只小嬰兒的時候，麻波一直都很可愛。對我來說，她是最棒的妹妹。」

我愕然無語。彼此之間怎麼會有這麼大的差異。

今天早上，我才剛說過勝這個弟弟是最沒水準的弟弟。

看我默不吭聲，大概猜到我的心情，美波趕緊打圓場：

「千帆也有可愛的弟弟嘛。」

她在說誰啊？哪裡有可愛的弟弟。這對清純姊妹花這輩子肯定都不會聊到鼻屎吃起來有火腿味的話題。

「也是啦。」

我隨便敷衍一下，把話題轉向運動會的事。

星期二。

早上，我第一個來到站牌下，其他人都還沒到。

站牌進入視野時，我發現底下的水泥台座上，好像有什麼東西。察覺那東西我看過，不由得快步跑上前。

……果然沒錯！

是雜誌上那只粉紅漆皮錶帶的手錶。我心跳加速，把它拿起來。

好美。充滿光澤的錶帶和銀色的時針，使它看上去一點也不像個玩具，散發高雅的氣質，令我心動不已。總覺得，光是戴上這只手錶，就會成為大人。

錶帶末端貼著一張便條紙，上面以潦草的字跡寫著「失物招領」。原來這是失物啊，會是誰的呢？掉了手錶，對方現在一定很著急吧。

我把手錶放回台座上。

掉了手錶的人，會來拿嗎？可是，如果不知道手錶掉在這裡……萬一下雨淋濕了，或是受到碰撞掉落柏油路面，手錶壞掉了怎麼辦？

與其落得那種下場，不如讓我好好珍惜使用，才不會浪費了這麼一只好錶……

我東張西望，確認四下無人。

放下肩上的書包，打開後，將手錶塞進書包裡的內袋。彷彿聽得見自己劇烈的心跳聲，緊張得心臟隨時都有可能爆炸。聽見書包金屬扣「喀嗒」一聲關起的聲音時，我赫然回神，心想還是把手錶放回去吧。可是，身體卻無視大腦的想法，迅速把書包揹了起來。

這時，穿西裝的叔叔來了。那張兇巴巴的臉朝我看了一眼，以為他看見我做了什麼好事，縮起身子怕被斥責。可是，叔叔什麼也沒說，只是站到我身旁排隊，然後咳嗽了一聲而已。

回到家，我躲進「千帆房」關起門，這才放下書包。在學校時，滿腦子都是手錶的事，不知道打開書包確認了幾次。

輕輕從內袋裡拿出手錶，撕下便條紙，把手錶戴上手腕。手錶冰冰、重重的，戴起來很舒服，我試著用各種角度伸屈手腕欣賞。白色錶面上是散發設計感的數字，時針和分針都是簡潔的銀色。只有秒針和錶帶一樣是粉紅色，緩緩轉動的模樣非常可愛。

我想要的手錶，終於成為屬於我的東西。

好開心……明明心裡這麼想，表情卻很僵硬，怎麼也笑不出來。為什麼呢？

為了不讓人發現，我把手錶藏在枕頭底下睡覺。

星期三。

一醒來，我就朝枕頭底下伸手。

可是，摸到的只有墊被。咦？手錶不見了？

挪開枕頭時，察覺手臂上沾到什麼黑黑的東西。

「……？」

好像寫著幾個字？我凝神細看手臂內側。

神明值日生

沒看錯。像用麥克筆寫上去的粗體黑字。

是勝搞的鬼！

一定是勝趁我睡覺時偷跑進來寫的。雖然不知道他怎麼寫出這種像活字印刷的字體，這傢伙真是夠了，到底在搞什麼，竟然做出這種幼稚的惡作劇。手錶大概也是被他眼尖看見，偷偷拿走了吧。

我怒上心頭，掀開棉被想去拿回手錶，卻看見一個陌生老爺爺正襟危坐在門口，嚇了我一大跳。

老爺爺穿著深紅色的運動服，頭頂光溜溜，兩邊耳朵旁卻長著棉花一樣蓬鬆的白毛。他笑咪咪地對我說：

「找到妳啦，值日生！」

欸？值日生？

我愣愣地問：

「……您是我家爺爺的朋友嗎？」

「我？我是神明大人。」

「……啊哈哈。」

「啊哈哈哈哈哈。」

兩人笑了一下之後，老爺爺說：「答應我一個要求。」

「要求？為什麼？」

「因為我是神明啊。」

「……………」

該怎麼辦才好。是要順著這個爺爺開的玩笑，還是趕快去起居室，我有點猶豫不決。不過，學校的倫理課才剛教過「要尊重老人家」。在「做了老人家會高興的事」清單裡，有一條是「陪老人家說話」。於是，我堆出笑容，問老爺爺：

「您的要求是什麼呢？」

老爺爺雙手抱胸，嘿嘿一笑後，用力歪了歪頭。

「我想要一個最棒的弟弟。」

原來老爺爺也這麼想啊？這使我對他產生親近感，蹲在老爺爺面前說：

「是要我幫爺爺您做一個弟弟嗎？這可能有點難耶。」

「是這樣沒錯，但也不是這樣。因為小千妳是值日生，所以只要小千妳擁有最棒的弟弟就行了。」

「咦？」

他叫我小千，讓我有點驚訝。不知怎地，心頭流過一陣暖意。

大概是從爺爺那裡聽說了我的名字叫千帆吧。我繼續與老爺爺對話。

「呃……我是值日生……這是什麼意思？」

「因為小千是神明值日生，所以小千就是我，我就是小千。」

「嗯——？」

「就像那個嘛，營養午餐不是要輪值打菜嗎？輪值打菜的人就等於營養午餐。」

「……話是這樣說的嗎？」

我聽不懂他的理論，只是，現在知道在我手臂上寫字的犯人是誰了。原來不是勝。

這麼說來，手錶也是老爺爺拿走的嗎？

「那個……我的手錶不見了。」

聽我這麼一說，老爺爺就豎起食指搖晃。

「『妳的』手錶？」

「……啊。」

不是「我的」。是我擅自帶回了別人的失物。

該不會……該不會是這位老爺爺的手錶吧？

「對不起！我會還您的！」

我死心低下頭。

老爺爺抬起眼睛往上看我，又笑咪咪地說了一次：

「答應我的要求。」

他說的要求，就是給他最棒的弟弟？只要答應了，他就會原諒我？

「可是，要怎麼做……」

「在得到最棒的弟弟前，就讓我在這等吧。」

說完，老爺爺瞬間變小，形狀就像隻小蝌蚪。我大吃一驚，小蝌蚪已經咻地鑽進我的左手掌心。

「不、不要啊啊啊啊！」

左手臂一陣顫動，馬上又平復下來。那個老爺爺，跑到手臂裡去了嗎？

不明白究竟發生了麼事，我握拳又放開了好幾次，也試著摩挲自己的手臂。

「怎麼了？」

聽到我的尖叫，媽媽打開門問。

「沒、沒事，我只是做惡夢了。」

我遮住手臂這麼回答。

沒錯，是夢。這只是個惡夢。

「是喔，快點來吃早餐。」

等媽媽離開，我才再次偷瞄一眼手臂。內心祈求那真的是夢。

然而，手臂上還是寫著一行粗體字——「神明值日生」。怎麼辦，好像不是夢。我是不是腦袋壞了。

跑到洗臉台前，我用力搓洗手臂。塗了滿滿的洗手乳，搓出一大堆泡泡，還是一點也洗不掉。

「咦？姊，妳怎麼了？」

勝從背後叫我。

「……什麼事都沒有。」

「那是啥？好像寫了什麼？」

這果然是現實，勝也看得見。

「不是跟你說什麼事都沒有嗎！」

我放聲大叫，勝笑著說「好兇——」轉身朝起居室走掉了。

這下可傷腦筋。為了不讓任何人看見手臂上的字，我不得不穿長袖針織衫。就連體育課也穿長袖體育服，還被人家問：「妳不熱嗎？」

傷腦筋的不只這個。左手會不顧我的意願，不聽使喚地動起來。上課時居然擅自舉手，真的拿它沒轍。

不懂的地方舉手問，懂的地方也奮力舉手回答。

「松坂同學今天很積極呢。」起初，級任導師牧村老師很高興，可是，到了差不多第四節課，她就開始對我視若無睹。我想，她內心應該受不了我了吧。班上同學肯定也都暗自心想「那傢伙今天怎麼卯足了勁」。不懂的地方當然會想問，懂的地方也會很想回答，可是在學校這種團體生活中，要是太出鋒頭會被排擠的。吼，真是的，好討厭。

好不容易上完一整天的課，我一個人跑進飼養小動物的籠屋抱頭苦惱，不知如何是好。

我現在擔任生物股長。每個班級有兩個生物股長，四年級以上的生物股長每隔一星期輪流負責餵食的工作。這星期除了養在教室裡的生物外，還要來照顧養在校園一角這個籠屋裡的兔子。

我們六年二班的生物股長，除了我之外，還有一個叫岡崎的男生，只是他還沒來。不知道是忘記了，還是跟其他男生玩得遲到了。

我先打掃籠子，左手忽然顫動起來。還來不及發出驚呼，那個老爺爺就像變魔術一樣從左手掌心蹦出來。我被嚇得連拿在手上的掃把都掉了。

「我喜歡兔子。」

老爺爺蹲下來，撫摸兔子的背。

我有點無力。出現在眼前的老爺爺一點也不可怕。別說可怕了，他看起來甚至有點溫柔。可是，如果不答應他的要求，他不但會說出強人所難的話，還會鑽進人家手臂，擅自做些與我意願無關的事。不趕快請走他，果然還是很傷腦筋。

「兔子好可愛喔，鼻子抽動的樣子真是妙不可言。」

「那個……老爺爺……」

「妳叫我？我是神明喔。」

「……神明。」

「嗯，幹嘛？」

神明朝我微微轉頭，我嘆口氣。

「最棒的弟弟……我想還是沒辦法。」

「不答應我的要求，就無法結束輪值喔。手臂上的字也不會消失。」

「我今天要照顧兔子，很忙耶。」

「啊、妳看，牠在吃乾草。咀嚼的樣子好可愛喔。」

神明愛憐地摸著兔子，對我裝傻。我沮喪地低下頭，撿起掉落在地的掃把。

「姊——！」

聽見大喊的聲音，我抬起頭，勝在校園裡的格子攀爬架上對我揮手。那一瞬間，神明又變成了小蝌蚪，鑽進我的手心。

勝快手快腳地從攀爬架上下來，邁開雙腿朝這邊飛奔，從籠子外面窺看。

「姊，輪到妳餵兔子喔？」

「嗯。」

「茶比和圍比有好好相處嗎？」

勝看著兔子這麼說。籠屋裡養著兩隻兔子，一隻全身都是茶色的毛，另一隻是脖子上有一圈白毛的淺茶色。聽說是從附近國中要來的。老師告訴過我們，兩隻兔子是兄弟。

「牠們什麼時候叫這名字了？」

「我取的。這隻全身茶色所以叫茶比，這隻像圍了圍巾一樣，所以叫圍比。只有我自己這樣叫啦。因為很可愛，我時常來看牠們。」

「茶比」也就算了，「圍比」的命名品味還真不怎麼樣。我默默揮動掃把掃地。

神明說，只要我能擁有最棒的弟弟就可以了。不然，請媽媽再生一個好了？可是媽媽今年幾歲了啊？再說，萬一生出來的不是最棒的弟弟就沒意義了。畢竟，那不是我能決定的事。

勝閃著發亮的眼神說：

「姊、姊，我跟妳說，這是我剛學到的，妳把手指插入兩邊嘴角，然後說『雞蛋麵』看看。」

「我才不要。」

我知道他想幹嘛。被我二話不說拒絕，勝就自己把手指插入嘴角，發出「雞大便」的聲音。

我對咯咯笑的勝視若無睹，把掃在一起的菜渣裝進畚斗。

這時，岡崎來了。雖然他也進了兔子籠，不過我都打掃好了，也換了新飼料，沒其他需要他做的事。勝隔著金屬網與岡崎四目相對，我看得出他有點退縮。

岡崎體格魁梧，長相也有點兇狠，聽說從小就學柔道，在班上算是領導人物，個性也有一點自我中心。不過，雖然他說話強勢，一副高高在上的樣子，其實從沒說過什麼嚇人的話就是了。只要冷靜觀察就知道，岡崎只是個普通男生。只是，對勝這樣身材瘦弱又毫無運動神經的低年級生來說，岡崎肯定是必須無條件投降的胖虎。

「有什麼事嗎？」

岡崎問勝，勝怯懦地笑了笑，什麼都沒說。

「啊、抱歉。那是我弟。」

聽我這麼一說，岡崎只回答「是喔」，從飼料盒裡捻起一片高麗菜葉。

他想餵那兩隻兔子吃，把菜葉拿到牠們嘴邊。圍比馬上就湊上來。

「咦？」

勝發出疑惑的聲音，岡崎抬起頭。勝不看岡崎，朝兔子探身，手指著茶比說：

「茶比好像不想吃高麗菜。」

「啥？你的意思是說，我餵的方式不對嗎？」

在岡崎怒目瞪視下，勝緊閉起嘴巴。無奈之下，我只好出手相助。

「勝，你朋友不是在那邊等嗎？」

「沒有啊。」

……笨蛋，會不會看臉色啊，勝。姊姊是在幫你解圍耶。

金屬網外的勝戰戰兢兢繼續說：

「我看茶比……好像沒什麼精神？牠都不太動。」

「兔子這種動物都是這樣的啦，因為牠們是夜行性動物啊。」

岡崎說得斬釘截鐵。雖然他沒有生氣，但是音量很大，勝被嚇了一跳，肩膀一抖，短暫沉默後，拋下一句「那我先走了」，人就跑掉了。

我上的鋼琴教室採小班制，在老師家主屋旁的別館上課。屋裡有兩架上課用的鋼琴，可供兩人同時上課。原本和我一樣每週三、四下午四點來上課的女生只上到三月底，最近這段時間都是一對一。

今天，發生了一件令我心情雀躍的事。平常，我們來上課的學生不會經過老師家的主屋，都從別館專用的門進出。今天，拉開別館的拉門時，我不由得睜大眼睛。

像是不知道哪裡來的貴族小少爺，一個氣質高尚的男孩，坐在桌邊跟老師說話。

察覺站在門口發呆的我，老師站起來說：「喔，千帆來啦。」男孩也望向我，五官清秀，皮膚嫩嫩的。

「這是廣田耀真，小學三年級。從今天開始，跟千帆一樣每星期三和四下午四點來上課。」

那個叫耀真的男孩從椅子上起身，對我鞠躬行禮：「我是廣田耀真，請多指教。」

……怎麼這麼有禮貌。

深藍與白色相間的格子襯衫，搭配米色棉質長褲。

「我是松坂千帆。」

這麼說著，我還有點發愣。

老師看了看耀真，又看了看我。

「千帆現在六年級，是這間教室最資深的學生喔。千帆，妳要多教耀真一點。」

「好的。」

「妳叫千帆啊，這名字真可愛。」

耀真露出微笑，簡直就像個天使。我感動得暈頭轉向。

老師交給耀真一本筆記本。

「這是聯絡簿。老師會在上面寫今天上課的內容還有跟家長報告的事項。每次上課都要帶來喔。在封面寫上你的名字。」

接過老師手中的油性筆，耀真就著桌子刷刷寫上自己的名字。連「耀」這麼複雜的字都能寫得均衡工整，這樣的耀真使我忍不住看呆了。

上課也上得很順利。耀真的指法雖然有點零落，難為情的笑容反而可愛。聽我彈完一首奏鳴曲，他還輕輕鼓掌說：「千帆好厲害喔。」

快到下課時間，老師拍拍手：「好，今天就上到這裡。」回家前，老師總會端出點心和飲料給我們享用。

「你們在這等一下喔，今天隔壁鄰居給了我好吃的瑪德蓮蛋糕，我去拿過來。」

老師走出教室，回到主屋。

耀真環視這間房間，走到後方的櫥櫃前。指著放在裡面的貴婦造型瓷器人偶，耀真說：

「這是雅緻瓷偶呢。」

「欸！你知道喔？耀真。」

真厲害。老師去年去西班牙旅行買回來的這個雅緻瓷偶，聽說要價十萬圓呢。當時老師還語帶激動的叫我們絕對不能碰。

「因為我家也有一樣的東西。這個肩膀的線條實在非常美，百看不膩。」

耀真說得雲淡風輕，一點也沒有炫耀的意思。身上散發不知道是肥皂還是洗髮精的氣味，明明是個男生，味道卻這麼乾淨好聞。

想到勝和他同年又一樣是男生，就覺得神明好不公平。

……神明。

這個神明和那個神明應該不一樣吧。我望向自己的左手臂，住在這裡面的那個神明不會為我實現夢想，也不會在遇到危機時出手相救。不但如此，還淨是做些無理的要求，給我找了一堆麻煩，傷腦筋得很。

假設另外有一個會決定事情或創造奇蹟的神明好了，那個神明為什麼會讓我和勝成為手足姊弟呢？這種事情，到底是怎麼選擇、怎麼決定的啊？

像碰巧聚集在同一個教室裡的同班同學一樣，我和勝只是剛好被同一對父母所生，所以才會相遇。可是，同班同學未必每個人感情都好，遇到合得來的同學甚至是一件幸運的事，就像美波和麻波那樣。

「耀真，你有兄弟姊妹嗎？」

我這麼問。耀真搖搖頭。

「要是能有個像千帆一樣的姊姊，那該有多好。」

我聽見心揪在一起的聲音。

最棒的弟弟。

啊，難道他現在正出現在我眼前？

當然我們無法成為真正的姊弟，可是既然耀真都這麼說了，我也願意誠心誠意試著當他的好姊姊。

這麼一來，不但可以結束神明值日生的輪值，還得到一個可愛的弟弟，一舉兩得。

回到家，奶奶的朋友坐在客廳裡。聽媽媽說，她們一起去看歌舞伎表演，結束後順道來我們家。

奶奶向對方介紹「這是我孫女千帆」，我也打招呼說「您好」。

「哎呀，姊姊這麼大啦。聽說妳去學鋼琴？」

「對。」

勝好像在後面的和室跟爺爺下將棋。

我微微低頭，走出客廳。

「這就是人家說的一姬二太郎嘛，真教人好生羨慕。」

背後傳來奶奶朋友的聲音。我不是很懂「一姬二太郎」的意思，她說羨慕是什麼意思呢？不過，奶奶的朋友又繼續往下說：

「府上有兒子，兒子又生了孫子，日後都不用煩惱了。生女兒最沒用，總有一天會嫁人。到時候對家裡可就冷淡嘍。」

我聽著這番話，走進「千帆房」，關上門。瞬間，左手就拉著我走到三層櫃邊。那裡放著教科書和筆記本，左手拿出國語辭典，翻開「一」的頁面。

一姬二太郎。這句話的意思是，生小孩最好先生好養的女孩，第二個再生男孩比較理想。

我又不想查這種東西，神明，我一點也不在意奶奶的朋友說什麼……

即使這麼想，我還是把辭典裡寫的解釋讀了三遍。左手臂一陣抖動，神明就從手心裡鑽出來了。

「奶奶那個朋友是怎樣啊！」

神明大發雷霆。

「說什麼生女兒好養可是沒用？我不能接受。」

氣得鼓起腮幫子，神明雙手盤在胸前。

「再說，生了男孩日後就不用煩惱又是什麼意思，到底在說什麼啊！」

神明很懂嘛，我也同意他說的。

「就是說啊，有勝那種兒子怎麼可能不用煩惱，笑死人了。」

「真的真的……嗳、小千，最棒的弟弟還沒找到？」

神明雙手握拳亂揮。原以為耀真的出現已經滿足神明的要求，難道不是嗎？

「欸，耀真不算嗎？我覺得他一定能成為我最棒的弟弟。」

我半哀求地說。神明左歪歪頭，右歪歪頭說：

「嗯——？對小千來說，弟弟不是勝也沒關係嗎？」

當然沒關係，這還用問嗎？正當我想這麼說的時候，神明又變回小蝌蚪了。

看來我得繼續輪值神明值日生。無法阻止神明鑽進我的左手心，只能懷著沮喪的心情凝視手上的「神明值日生」五個字。

星期四。

既然神明不答應耀真當我弟弟，只好著手改造勝了。有耀真這個理想的範本在，想辦法讓勝盡可能像他就好了。我一邊吃早餐，一邊盯著勝看。

比方說，首先讓他模仿耀真的穿著。

扣領襯衫搭配米色卡其長褲。

勝頂多只有在參加親戚婚禮時會穿上有領子的襯衫。平常，他總是穿皺巴巴的T恤和伸縮棉短褲，就算襪子破洞也滿不在乎。

我拿著事先準備好的網購服飾型錄切頁給他看，上面有耀真平常穿的那種格子襯衫。

「勝，你偶爾也穿這種衣服看看嘛。」

「咦？還要扣釦子，好麻煩。」

「不然，你用看看有香味的洗髮精好不好？」

「我不用洗髮精啦，用熱水沖一下洗一洗就好了。」

「欸？你從來沒用過洗髮精嗎？只用熱水洗頭？」

聽到我這麼尖叫，勝雙眼忽然亮了起來，喜孜孜地問：「啊、對了，說到味道啊……」

「用手指沾口水在手心上寫『雞屎』聞聞看，就會有雞屎的味道喔！妳試試看嘛！」

「我才不要，髒死了！」

人家是雅緻瓷偶，你是雞屎。看來不管我怎麼做，都無法把勝改造成最棒的弟弟了。

「我今天要帶木刀去學校。」

勝抓起放在榻榻米上的木刀。看到這一幕，媽媽趕緊勸阻：

「不是跟你說不行了嗎。」

勝噘起嘴巴。

「欸——媽，妳什麼時候說不行的？幾點幾分幾秒？地球轉幾圈的時候說的？」

聽到這個，媽媽忍不住笑出來。

「好懷念喔，這個說法。媽媽小時候也會這樣說耶，沒想到現在的小孩子還在說啊？」

媽媽就是太縱容勝了。要是換成我頂嘴，她馬上板起一張臉。

我迅速起身離席，絕對不要跟帶木刀的弟弟一起上學。今天我也比他先出了家門。

走出家門，轉過麵包店那個轉角，看見一個女人從隔壁公寓走出來。是平常都會在公車站牌遇到的漂亮大姊姊，原來她住這棟公寓啊。

大姊姊一看到我就爽朗地笑了。我開心起來，情不自禁大聲說「早安」。

「早安，妳每天都自己搭這麼遠的公車上學嗎，真了不起。」

因為邊走邊說話，我們自然而然並肩走向站牌。簡單閒聊後，我像告白一樣把自己對大姊姊的崇拜之情說出口。

「上次，我看見大姊姊要叔叔讓座，心想，妳什麼都不怕，真的好堅強，好帥氣喔。」

「那個喔……沒有啦——」

大姊姊不知為何臉紅苦笑，然後看著不遠的道路前方，慢慢地說：

「什麼都不怕，並不是什麼堅強的事喔。」

「……咦？」

「我最近常在想，比起什麼都不怕的人，能勇敢面對恐懼的人要堅強太多倍了。那才是真正的勇氣。」

她指的是什麼啊？總覺得好像聽到一番很重要的話，但又沒法馬上領悟。不過，我打算記住大姊姊說的話。

公車站牌映入眼簾，今天第一個來的正是穿西裝的叔叔，一如往常板著一張臉，直挺挺地站在那。看到他使我有點緊張，大姊姊卻一步一步走上前，站在叔叔身邊，微笑對我說：「風吹來好舒服喔。」

放學後，我一個人打掃了兔子籠，岡崎沒來。

打掃完，餵了飼料，盯著兩隻兔子看。茶比和圍比，牠們倆應該也是手足吧。

忽然，我發現茶比的狀況真的有點異常。上次岡崎說兔子就是這樣，或許這話也沒說錯，可是，比起在兔子籠裡跳來跳去，不時還會挖挖洞的圍比，茶比幾乎可以說是動也不動。

勝說得沒錯，茶比看上去無精打采。也沒看到牠吃飼料，感覺只是一直窩在那裡。

圍比把臉貼近茶比，一下舔舔牠的額頭，一下用自己的頭摩擦茶比的頭。茶比閉著眼睛，安靜接受圍比的動作。

看到這幅景象，內心莫名激動起來。我覺得圍比像是在給無精打采的茶比打氣，不知道牠們誰是哥哥，誰是弟弟。

圍比抬頭看我。

那神情像在說「救救牠」。救救茶比。

我跑出兔子籠，跑到教職員辦公室，得找人……得通知老師才行。正要進入校舍時，在門口換鞋處遇到工友砂田叔，他在那裡修理雨傘架。砂田叔在學校已經工作很久，是一位滿臉鬍碴的大叔。

對了，這種時候與其找老師，不如跟砂田叔說比較好。我簡單說明狀況後，砂田叔只說「好，等一下我去看」，又繼續修理起雨傘架了。

放學後，我立刻去了鋼琴教室。

大概因為茶比的事讓我有點心不在焉，忘了帶聯絡簿。告知老師之後，老師說「那今天就寫在紙上讓妳帶回家吧」。

今天課程也進行得很順利，耀真果然是夢中才會出現的理想男孩，我在鋼琴教室度過了一段平靜又開心的時光。

上完課，按慣例迎接點心時間。老師才剛走去主屋，教室外側的門就又打了開。出乎意料的，探頭進來的人是勝。

「姊，妳是不是忘了聯絡簿？媽叫我送過來。」

勝頂著一頭剛睡醒亂翹的頭髮，胸口還有吃營養午餐咖哩時留下的污漬。

「何必特地送來，老師都說沒帶也不要緊了。」

不知為何，我不想讓耀真看見勝。或許因為這樣，口氣尖銳了點。

「沒關係、沒關係啦。反正我本來就跟朋友約了要去玩，只是順便拿來的。」

我接過聯絡簿，勝看也沒看耀真一眼，轉身就跑掉了。

回過頭，耀真一臉詫異：

「那是千帆的弟弟？」

「喔、嗯。」

「是喔……總覺得，他好像很邋遢。」

欸？

被耀真這麼說雖然很丟臉，更多的卻是一股火大的感覺。不知道為什麼會這樣，自己也很困惑。

我什麼都還回答不出來，耀真又呵呵一笑。

「看起來很笨。」

這麼說著，耀真背對我，走到櫥櫃前面。那一瞬間，我的左手往前伸。正當我赫然心驚，想制止已經來不及，左手輕輕給了耀真的後腦勺一巴掌。

「神……！」

神明，你在幹嘛！

情不自禁想這麼大喊時，耀真一臉錯愕轉頭，嘴上喃喃反問：「神？」

我急忙找藉口。

「什、什麼啊，原來是蚊子。不過被牠飛走了，抱歉。」

耀真狐疑地點頭說「喔」，摸摸自己後腦勺。

真是的，都是神明害我這麼手忙腳亂。

為什麼要打耀真呢？

……話說回來，我剛才是在火大什麼。

勝確實很邋遢，看起來也笨笨的，我自己還不是每天都這麼想。

耀真望向櫥櫃裡的雅緻瓷偶。

「這個，背後不知道長怎樣呢？」

看到耀真伸出手，我捏了一把冷汗。老師說過絕對不能碰的。可是，如果是耀真的話，一定只會輕輕碰一下就放回去。絕對不會做出失手摔碎的事吧。那種蠢事只有勝才做得出來。

……………才剛這麼想，就聽見刺耳的碎裂聲。

我全身僵硬，耀真看起來比我更僵硬。木頭地板上，是人偶裙子的碎片。耀真沒拿好。

隔著一看就知道無從修補的人偶，我們倆動也不動。

「……耀真，沒事的，你不是故意的嘛。只要好好道歉，老師一定會原諒你。」

我盡可能用溫柔的聲音這麼說。耀真臉上失去血色，眼眶含淚。

啊，我得保護這孩子才行。我打從心底這麼想，我得保護柔弱的耀真。

耀真是懂藝術的孩子，他只是想看看人偶背後長什麼樣而已。我必須好好跟老師解釋，讓老師理解這一點才行。

「我會陪你跟老師道歉的，好嗎？」

手輕輕放在耀真肩膀上，他什麼都沒說，老僧入定一般地站在那裡。

就在這時，老師走進來了，手裡的托盤放著餅乾和柳橙汁。原本如沐春風的表情，在察覺屋內異樣後為之大變。

「啊！啊——！」

老師匆匆放下托盤，頹坐在地。

「……我的……我的雅緻瓷偶……」

臉色蒼白的老師抬頭看我們問：「發生了什麼事？」耀真抽抽答答哭起來。

「是耀真嗎？」

聽到老師這麼說，我往耀真身前一站，護著他回答：

「他不是故意的，耀真他只是覺得人偶很漂亮，想看一下而已。所以……」

所以，請老師不要罵他。就在我拚了命解釋時，耀真忽然開口：

「……是千帆弄的。」

咦？

「我有說不可以摸，可是千帆不聽。」

耀真哇哇大哭起來。

「欸？等等，耀真……？」

這太荒謬了，我反而有點笑出來。老師嚴厲地斥責我：「妳在笑什麼，千帆？」

「誰都會有失敗的時候，有形的物體總有一天也都會損壞。所以，我不會為了弄壞東西這件事生氣。可是，說謊是最糟糕的喔，千帆。」

我說不出話來，只能看著老師和耀真。

有哪個大人不會被俊美的耀真流下的眼淚打動呢？和怎麼看都很倔強的我比起來，柔弱的耀真更值得信任，這是毋庸置疑的事。

「竟然還想把責任推到耀真身上，千帆明明是人家的姊姊。」

姊姊。

……是啊，我是姊姊。

是我的錯，耀真朝人偶伸手時，我沒有馬上制止他。

「……對不起。」

我低下頭道歉。

眼角餘光看見耀真瞄了我一眼。

「算了。這邊很危險，老師來整理就好，你們去吃點心吧。」

老師冷淡地說著，要我們移動到桌邊。看著老師俐落收拾人偶碎片，我和耀真都沉默不語，誰也沒有動眼前的餅乾。

結果，我和耀真沒說一句話就回家了。

回到家之後，我一直思考耀真的事。

吃過晚飯，一邊洗澡一邊想接下來該怎麼辦。聯絡簿上只簡單寫著今天上課的內容，雖然老師說「算了」，但她絕對很生氣，說不定我們家得賠償那十萬圓。

泡在浴缸裡發呆時，左手臂抖動起來。不會吧？才剛這麼想，神明瞬間從左手鑽出來。

「等、等一下！討厭啦！」

我急忙用雙臂遮住自己身體。神明泡在浴缸裡發出「呼」的聲音，一副很舒服的樣子。身上一如往常穿著運動衣。

「好舒服喔。」

神明捧起水嘩啦嘩啦洗臉。真是的，想幹嘛就幹嘛，居然連浴室都跑進來。

我已經六年級了，就算是爸爸或爺爺，我也不想跟他們一起洗澡啊。

「我喜歡洗澡，會有股好懷念的感覺。」

「懷念？」

「感覺就像在媽媽肚子裡一樣。」

……手足。同一個娘胎出生的兄弟姊妹。

比方說，假設我和耀真其中一個人不再去學鋼琴，或許我們從此之後就不會再見第二次面。但是，和勝無論吵架吵得多兇，多討厭彼此，我們一輩子都會是姊弟。

我看著泡在浴缸裡的自己的肚子。真是不可思議，動物都是從肚子裡生出來的。

「神明，耀真不是最棒的弟弟。我只是把自己的理想強加在他身上罷了，才見沒幾次面，就自己擅自這樣認定。」

「嗯嗯。」

神明闔起手掌，把熱水從掌心之間擠得飛濺起來。我接著說：

「勝雖然笨，但他不會為了自己的安全，就把責任推到別人身上，他絕對不會做那種奸詐的事。」

「真是個好孩子。」

「嗯。」

「所以全家人才會這麼疼愛勝。」

「……嗯。」

沒錯。

勝是個好孩子，這我也知道。

爸爸也好，媽媽也好，爺爺也好，奶奶也好，大家都疼愛勝。可是，這也是沒辦法的事。比起倔強的我，天真又坦率的勝當然可愛多了。說不定大家都認為，生女兒就是沒用。

「對，沒辦法，沒辦法。其實妳也想更撒嬌的啊。」

神明拍打浴缸裡的熱水這麼吶喊。

「對吧，小千？」

留下溫柔的這句話，神明又變成小蝌蚪回到我左手心。

我這才想起，神明第一次喊我「小千」時。

為什麼我會那麼開心——

洗完澡，從浴室出來換上睡衣，盥洗室門外傳來勝的聲音：「姊，妳洗好了—沒—？」

打開門，勝只穿一條內褲站在那。

「我趕著要看九點的卡通，快點讓我洗。」

這麼嚷嚷著，勝擠進盥洗室，我則走出來，朝廚房走去。牆上的時鐘顯示現在時間是八點四十五分。媽媽正在洗碗，我站到冰箱前面，打算喝牛奶。

「啊、姊姊，剛才啊，鋼琴老師打電話來了喔。」

我聽見心噗通一跳，手抓著冰箱門把，朝媽媽望去。

媽媽一手拿菜瓜布，只有臉轉向我這邊。

「她說，那個叫耀真的男孩子，和他媽媽一起去道歉了。說是自己弄壞了人偶，但沒能好好講清楚，很抱歉。」

……耀真他，坦承真相了。

全身力氣像瞬間被抽光。媽媽關上水龍頭，用圍裙的裙角擦擦手，繼續說：

「老師說，很抱歉當時她單方面責備妳，要跟妳道歉。姊姊，妳那時是想保護耀真吧？」

左手往前伸，抓住媽媽的手腕。

媽媽露出嚇了一跳的表情。左手把媽媽的手拉過來，我把頭靠上去。雖然是神明做的好事，我也很清楚祂為什麼要這麼做。

「……叫我千帆。」

「咦？」

「不要叫姊姊，要叫千帆。」

左手誘導似的將媽媽的手拉過來撫摸我的頭。好乖、好乖。

其實我記得不是很清楚了。不過，在家庭錄影帶裡看過。

勝出生之前的我。

那時，爸爸和媽媽都喊我「小千」或「千帆」。也經常像這樣摸我的頭。

「等等……等一下、等一下。」

媽媽拿毛巾把手仔細擦乾，從背後推著我進客廳。爺爺和奶奶在自己的房間，爸爸還沒回來。

媽媽在榻榻米上正坐，張開雙臂說「過來」。

我小心翼翼地把身體依偎進媽媽懷抱。媽媽像抱小嬰兒那樣緊緊抱住我。

「對不起呀，不知怎地，看著勝就覺得千帆已經是大人了，明明千帆也還只是小學生呢。」

這麼說著，媽媽不停撫摸我。從頭髮到肩膀，從手臂到背後。眼淚滾落臉頰。

「千帆一定是因為耀真比自己年紀小，覺得自己是姊姊，一定要保護他，對不對？千帆的這份心意，耀真一定也感受到了，所以才會說出事實的真相。」

我把整張臉都貼在媽媽胸口，從那裡傳來安定的心跳。我閉上眼睛，聽著媽媽說話的聲音，彷彿沉浸在搖籃曲中。

「可是，幫人頂罪或忍耐痛苦都不是溫柔體貼的表現喔。千帆也有千帆自己寶貴的道路，不要忘記了喔。要是遇到不知所措的事，妳可以儘管來依賴父母。就算上了國中，長大成人也一樣，永遠都可以的喔。」

我用力點頭。

長大成人，嫁人之後的我，不能成為沒用的女兒。我早已如此決定。

媽媽雙手放在我肩上，笑著說：「還有啊，千帆。」

「其實是千帆自己要求的喔。要我們從今以後都叫妳『姊姊』。勝出生的時候，妳一臉驕傲地這麼說。」

「…………欸！」

是喔？原來是這樣的嗎？

年幼的我，終究還是很開心吧。

開心自己當上了姊姊，有了勝這個弟弟。

「勝很擔心妳喔。說姊姊今天炸雞塊只吃了兩塊，平常吃五塊都沒問題的。他觀察得很仔細呢。」

盥洗室傳來勝大呼小叫的聲音：「現在幾點了——」

這麼說起來，勝送聯絡簿給我的事，我還沒跟他道謝。我再次緊緊擁抱了一下媽媽，一邊朝浴室大喊：「八點五十五分嘍，洗快一點！」

星期五。

利用午休時間去了趟兔子籠，為了探望茶比。

茶比不在。只有圍比蹲在籠屋角落啃高麗菜心。

我擔憂起來，決定去工友室看看。可是，在那裡也沒看到砂田叔。昨天不知道他後來有沒有好好來查看茶比。

無奈之餘，只得先回教室。生物股長的工作就輪值到今天，暫且告一段落。

放學後，我跟岡崎講了這件事，兩人一起走出教室。

小跑步到兔子籠時，正好砂田叔從裡面走出來。看到我們，砂田叔呵呵一笑。

「砂田叔，茶比呢？」

「沒事喔，妳看。」

砂田叔指著網子裡面說。

「帶牠去了一趟獸醫院，醫生說大概是消化不良引起脹氣。開了藥，也做了一些治療，不要緊了。」

「……太好了。」

放下一顆心來，我朝兔子籠裡看，茶比正舉起兩隻前腳擦臉。一旁的圍比用木片磨牙中。平靜無波的光景。砂田叔說：

「兔子幾乎不會叫，又因為原本就個性溫和，身體不適時也很難馬上看出來，妳居然察覺了，醫生稱讚妳很了不起喔。」

「不是我，是我弟弟，他說茶比看起來無精打采的。」

「這樣啊，妳弟弟平常就很疼愛茶比了呢。」

砂田叔笑著說「那我還有事要處理」，就往校舍走去了。

「松坂，妳弟好厲害。」

岡崎這麼說。

我只回答了「嗯」，眼淚就湧了上來。

勝之所以能察覺茶比身體狀況不對勁，是因為他平時就很疼愛茶比。

換句話說，他察覺我只吃了兩塊炸雞塊，也是因為平常就把我放在心上。

看到茶比重獲健康鬆了一口氣、發現勝很厲害，又想到他其實對我很體貼而大受感動，這些都讓我哭得停不下來，把岡崎嚇得不知所措。

「喂，妳怎麼了，松坂？」

連這種時候，岡崎講話都很大聲。我低下頭，用長袖開襟線衫的袖子猛擦眼淚。

這時，校園裡傳來「啊啊啊啊啊！」的怒吼聲，我和岡崎一起朝聲音的方向看過去。

是勝。勝雙手握著木刀跑過來，跑到離岡崎兩公尺左右的地方才停住，用木刀指著岡崎說：

「喂，就是你吧？欺負我姊的人！」

啥？岡崎睜大雙眼。

「我就覺得奇怪，她不但手臂上被畫了奇怪的塗鴉，昨天還心情不好。你要是敢再欺負我姊，我可不會放過你！」

木刀尖端微微晃動。

握著木刀的手、往前彎的腰和呈外八站姿的雙腿，還有那拚命逞強的聲音，全部都在顫抖。明明不管是身體的寬度還是高度都不到岡崎的一半，根本不可能拿木刀揍人。

傻瓜。真是個大傻瓜。

能勇敢面對恐懼的人，才是真正堅強的人。

我在這世上唯一僅有的，打同一個娘胎出生的手足。

勝，你是最棒的弟弟。

「沒事啦，謝謝你。」

我朝勝伸出左手，捲起開襟線衫的袖子，露出光滑的皮膚，上面什麼都沒有。結束生物股長輪值的同時，我也不用再輪值神明值日生了。

新島直樹

（高中生）

今天早上來叫醒我的，是黑色的肉球。

對喔，我忘了媽媽從昨晚開始連續兩天值夜班的事了。秋葵啪啪拍打我的臉頰。說是秋葵，當然不是真的蔬菜，是我家的虎斑貓。在牠伸出爪子抓我之前，得趕快起床才行。

秋葵之所以來叫醒我，不是擔心早上老爬不起床的我上學遲到，也不是出於對我的喜愛，或想來尋求我的關心。單純只是表達「快來餵飯」的要求罷了。爸爸單身調派到福岡，當護理師的媽媽在醫院還沒回家。早於鬧鐘設定時間的貓拳，比手機鬧鈴的貪睡功能更纏人。

撐起重得像嵌了鐵板的身體，和秋葵一起走出散亂的房間。在客廳裡餵牠KAL KAN飼料，秋葵把臉埋進碗裡，喀啦喀啦吃起來。

一邊頂著還未完全清醒的腦袋看牠吃東西，我一邊拿出智慧型手機，打開拍照應用程式。喀嚓、喀嚓，秋葵對快門聲起了反應，豎起耳朵朝我轉頭。喀嚓。也不知道牠到底懂不懂，總之秋葵似乎滿陶醉在被拍照這件事當中。睜大圓圓的眼睛，擺了個看起來有點伶俐的姿勢。

手機相簿裡多了幾張秋葵的照片，我躺在沙發上，從中選出最好看的一張，上傳 Twitter。

吃早餐，好像很滿意的樣子。#秋葵

不到三十秒，就有人按了「喜歡」。是薊。她一定做了只要我發文就會收到通知的設定，就像我也對她做了一樣的設定。

早安，薊。妳起得真早。對現實生活絲毫不抱希望的我來說，唯一能帶給我充實心情的人，我親愛的 Twitter 跟隨者。

當初怎麼會選擇男校呢？是說，腦袋空空的我也沒有做其他選擇的餘地就是了。總之，今年春天起，我開始搭公車轉電車，到這單程需要花上一小時通學時間的私立高中就讀。

搭往車站的公車從「坂下」這站出發。長長的緩坡尾端，人行道旁孤零零地立著一支站牌。

今天第一個站在站牌下的是那個外國男人。我排到他旁邊，拿出智慧型手機。固定搭七點二十三分這班公車的除了我們之外，還有穿西裝的大叔和看似粉領族的大姊，以及一個小學女生。每天早上，我們五個人都會在此碰面。從來沒有交談過，對彼此的事也完全不了解。

相較之下，我連薊住在哪都不知道，和她的互動交流還比較多。說是這樣說啦，所謂互動交流，只不過是互相按對方「喜歡」而已。我們連給對方留言都沒留過。

可是——

即使只是短短三秒，讀我推文的這段時間她是把我放在心上的。只要她懷有對我按下「喜歡」的心情，我就覺得自己受到世界認同。儘管我甚至不太能確實感受薊不是虛擬，而是真實存在的人。

我戴上耳機，打開手機裡的YouTube應用程式。

點開連續播放三小時雨聲的頻道。我很喜歡這個頻道，真的就只是一股腦地播放下雨的聲音。不是配合雨聲流瀉療癒音樂，就只是單純的雨聲。

發現這個頻道時，我像遇見神明一樣大受衝擊。這甚至可以說是革命了。永遠持續不間斷的雨聲溫柔又堅定，彷彿能洗去我內心的沉鬱混濁，比任何音樂更能帶來安心感。只是，我無法告訴任何人自己愛聽這個頻道的事。就算說了，一定也只會被取笑是個陰暗的傢伙。

按下播放鍵的時候，不小心拉到掛在手臂上的耳機線，一邊耳機掉出半個耳朵。就算聲音漏出來，也不會有人想到那是雨聲吧。儘管如此，我還是趕緊把耳機往耳孔深處塞。

上高中後，我終於擁有智慧型手機。能忍受這麼久，自己都覺得厲害。在這之前，我用的「行動電話」是從小學開始用的附防犯警報器的兒童手機，只能打電話和傳訊息給通訊錄裡登錄的十個人，沒有拍照機能也無法上網，連應用程式都不能安裝。爸爸的說法是，就算有事得打電話給家人之外的人，只要打家用電話就好了。

離社群網路遙遠，班上同學聊起手機遊戲時我也聽得一頭霧水。原本就不是會跟大家打打鬧鬧的個性，又因為這樣，連LINE群組都進不去，愈來愈被同學排擠在外。大家理所當然掛在嘴上的詞彙及手機功能，我一點兒也跟不上，就在這種情況中結束了國中生涯。

趕不上最新流行，和朋友漸行漸遠，交不到女朋友，全都是沒有智慧型手機害的。我真心這麼認為。

拿到高中錄取通知後，把入學相關資料全部看過一遍，媽媽幫我跟爸爸說「直樹他們高中上課會用到智慧型手機，這已經是時代潮流了啦」。大概連媽媽都同情我這個兒子了吧。託她的福，總算成為智慧型手機用戶，這是慶祝入學最棒的禮物。

這麼一來，我也能當上現充❸了！

……就這樣，滿懷期待上高中至今，差不多快兩個月。

我看不到絲毫即將成為現充的前兆。跟不上班上同學的步調，到現在還沒與任何人交換LINE帳號，學校裡沒有女生，交女朋友的機率只有更低沒有更高。

只在二手書店「BOOK.OFF」買過一集《灌籃高手》，就對籃球開了遲來的竅，決定加入籃球隊。但是，運動神經原本就很差，國中時隸屬美術社的我，加入球隊兩天就退出了。同樣是新生，其他人都有籃球經驗，只有我嚇得接不住學長傳來的球，練跑時也累得發出哀號，最後還是成了「回家社」的社員。

即使如此，現在的生活比起只有兒童手機可用的時代還是絢麗多了。就算不知道要走到哪裡才能成為現充，感覺上，至少已經過得跟大家差不多。

擁有智慧型手機不久，看到一個只要轉發推文就能抽遊戲主機的資訊，就為了這個目的，我開了 Twitter 帳號。

考慮相當於綽號的暱稱要取什麼好時，碰巧看到一旁的秋葵，隨手就拿牠的名字來用了。順便還拍下牠一張照片當大頭貼。

既然都開了帳號，也沒想太多，隨手拍了幾張秋葵的照片上傳，有樣學樣地加上主題標籤。要是當初用的是「＃貓」，或許會吸引更多人看到，我卻不小心用了「＃秋葵」。

第一篇上傳的貼文引來兩個反應。一個是看上去像園藝業者的帳號，對方也關注了我，成為我的 Twitter 跟隨者。只是我看不太懂這個帳號在幹嘛，也就放著沒管他。

然後是另一個。

對方對我的推文按了「喜歡」，帳號名稱是薊。大頭貼是一朵像球體上長出許多刺，又像插花用劍山的紅紫色花朵。不久之後我才知道，這種花就叫薊。

❸意指「現實生活過得很充實」的人，是近年來的網路流行用語。

連到薊的Twitter主頁去看，看不出性別和年齡，也不知道是做什麼的人，時間軸上只羅列著一些沒有連貫性的推文。像是「放晴了」、「不知道誰家傳出大蒜麵包的香味」之類的。還以為就是這樣了，又會突然冒出帶有哲學意味的詩篇。

感覺像在窺看陌生人的大腦，我滑了她的Twitter推文好一陣子。偶爾會出現手上拿什麼東西的照片。

有一張寫著「小時候最喜歡的繪本」，照片裡的繪本是《橡果與山貓》。有一張是喜歡的飲料，Bikkle乳酸汽水。漂亮的橢圓形指甲上，搽著淡淡的橘色指甲油，這才知道原來薊是女人。拇指第一關節下方，有個狀似弦月的傷痕。那總讓我沒來由地感到夢幻。

於是我按下「跟隨」，成為薊這個帳號的跟隨者。剛開始玩Twitter的人毫無戒心，最容易做出這種事。隔天，薊也跟隨了我，我就這樣有了兩個跟隨者。

一星期後，園藝業者取消了對我的跟隨。後來只偶爾會有現金借貸帳號或約砲帳號來跟隨，放著不管他們就會自己取消了。我跟隨了幾個搞笑藝人和動畫的官方帳號，對方當然不可能反過來跟隨我，固定跟隨我的人只剩下薊。薊的狀況也差不多，她只跟隨了幾個作家和插畫家，比較顯眼的跟隨者也只有我。

後來我沒抽中遊戲主機，但也多虧了抽獎活動，讓我擁有一位寶貴的相互跟隨者。從那時起，我們就經常按對方「喜歡」。

宛如切割下一小塊風景般的簡短描寫。對天氣及季節的感受。看了某本書的感想。薊的文字總是很清淡。清淡中帶有些許溫暖。

從我使用的第一人稱就看得出我的性別，我也提過定期考的數學題目很難、慶幸學校自動販賣機有賣咖啡歐蕾之類的事，對方應該猜得出我是高中男生。

在這樣的交流之中，上星期發生了一起小事件。

薊忽然上傳了她的自拍照。我嚇了一跳。

看起來應該是十幾歲的女生。散發透明感的白皙肌膚，大大的眼睛，清瘦的臉頰與下巴。帶點冷靜的知性，又有股難以形容的惆悵氣質，完全符合大頭貼上薊花給人的印象。輕輕握拳的左手放在嘴邊，拇指第一關節下方有弦月形狀的傷痕。沒錯，這隻手的主人就是這個美少女。

我情不自禁存下了這張照片。薊。總是在我推文下方按喜歡的薊。我心跳加速。按下照片下方的「喜歡」時，手指微微顫抖。

隔天，那張照片的推文就消失了。我忍不住想大力稱讚昨天存下那張照片的自己「幹得好！」。

是啊，沒錯呢，薊是和我年齡相仿的女生。原來她是這麼漂亮的女生啊。知道了這個事實，想像中的她反而更具有神秘色彩。彼此按下的「喜歡」，分量比過去更重了。

如果問我這是不是戀愛，說不定答案是肯定的。

可是我其實不奢望更多。因為，要是建立了實際的關係，大概會擔心對方怎麼想，一下緊張，一下說出不該說的話，萬一因此被討厭了怎麼辦。

與其那樣，還不如維持現在這樣就好。或許一點也不真實，說到底只是虛擬的關係。但是，在不會爆紅也不會被群起圍攻的安全場所，我們只要悄悄按對方「喜歡」就好。只要這樣淡如水的交流就好。

沐浴在晨光下的公車緩緩駛來。五月下旬，梅雨季前的天空晴朗，戴著耳機的我心裡下著大雨。

從校門走向校舍時，和另一個方向走來的中田對上視線。

「嗨！」中田說著，拿下單邊無線耳機。

「你在聽什麼？」

我這麼問中田。中田一邊回答「Squpa」，一邊把手上的耳機遞給我。他說的是「Square Parts」，很受年輕世代歡迎的人氣搖滾樂團。我接過無線耳機，小心翼翼塞進自己耳朵。瞬間，節奏輕快的樂曲流瀉。

「真不錯呢，Squpa。」

我用一副內行人的語氣回答，點著下巴打拍子。正好播放到勉強聽過的副歌部分，我跟著輕哼曲子，拿下耳機還給中田。

我知道這副耳機不便宜。在Twitter時間軸上擅自出現的廣告推文中看見，因為想要就去查了一下價錢。一萬八千圓。剛才中田借我的耳機還附降噪機能，聲音聽起來果然超級清澈乾淨。我從國中用到現在那副九百八十圓的有線耳機根本不能比。

只見中田手指在另一邊耳機上摸一摸，操作了幾下就把耳機拿下來放進胸前口袋了。不用特地拿出手機，直接就能從耳機關掉音樂播放器。他這一連串的動作瀟灑流暢，看起來一點也不像只是在聽音樂。簡直就像正在和地球保衛軍通訊的近未來動畫男主角。

「上禮拜我去聽了他們的演唱會。剛才那首單曲也不錯，不過C／W曲的〈妳迴盪的聲音〉才是讚透了。」

「是喔。」我嘴上敷衍中田，腦中複誦了一次那首歌名。妳迴盪的聲音，是嗎？演唱會的票要怎麼訂啊？

所謂現充，說的一定是像中田這種人。

他不是誰來看都會說帥的帥哥類型，五官本身很普通。只是，這更突顯了他的優質。仔細觀察，就能感覺到他內在散發的聰穎和不受他人左右的意志。一旦看到了這些，最後不管中田做什麼都會覺得很帥。

推甄上這所高中的中田，開學典禮時還代表新生上台致詞。他的興趣是攝影，已經有業餘等級的實力，聽說入圍攝影獎好幾次。

從開學典禮那天起，姓「新島」的我位子總排在他前後❹，拜此之賜，多多少少聊過幾次。不過，中田更常和其他趣味相投、個性開朗的同學玩在一起，應該沒把我當朋友吧。我們從未交換LINE帳號就是最好的證明。

雖然沒告訴過中田，其實我偶爾會去偷看他的Instagram。我自己沒有開設

IG帳號，所以不是透過手機應用程式，看的是網頁版。中田的IG放的不是去哪玩或吃了什麼的照片，滿滿都是令人忍不住驚嘆的藝術攝影。只是普通高中生的他，IG追蹤人數超過一萬人，每張照片下按讚的人數都超過四位數。

中田拍的多半是風景，唯一的人物像是一個女生。

她叫沙百合，是中田的女朋友。

有她出現的照片，一定附上主題標籤「#Lily」。這是從沙百合的名字裡取百合的英文吧。上週末，我們學校舉行園遊會，沙百合也有來。中田沐浴在眾人欣羨的眼神下，第一次將她介紹給大家。只有現充才能做這種事。

我在班上賣巧克力香蕉的攤位上顧攤時，他們兩人一起過來了。抓著中田襯衫下襬的沙百合顯得有點緊張，一如Lily這個名字，就像一朵潔白的花。純真高雅，絕對不能弄髒。

照片裡的她已經夠可愛了，現場看到的她更是具有活生生的魅力。我拚命想找話題，看到她手上的白色串珠戒指，就稱讚說「那個好可愛」。沙百合害羞微

❹ 新島與中田的日文羅馬拼音都是N開頭。

笑：「這是上次去跳蚤市場時，中田同學買給我的。」

「因為那天是沙百合生日啦。」

中田補充說明，這時的語氣還算淡定，可惜沙百合接著又說「還有那束百合花」，他想不臉紅也難。

不知道他們交往多久了，從沙百合還喊他「中田同學」這點看來，這場戀愛肯定談得品行端正，這點也令人羨慕。

一邊回想這些，一邊和中田一起走進教室時，他的手機響了。好像是沙百合傳來的LINE訊息。中田停下來回覆後，關上手機。

「感情真好啊，你們一定沒吵過架吧？」

我故意捉弄他，中田把手機收進褲袋裡笑著說：

「會啊，她常兇我說，中田同學都不好好聽人家講話。」

……什麼嘛。

根本就是在放閃。不曉得那清純的沙百合，會用多撒嬌的聲音對中田提出不講理的要求呢。我也好想被自己的女朋友那樣兇喔。

級任老師走進教室說：「交報告嘍。」他說的是上星期職業觀摩的感想報告。糟糕，忘了今天要交那個。被老師兇可就不開心了，我急忙在空白的影印紙上寫下敷衍了事的感想。我總是這樣，一天到晚忘東忘西，功課也不算好。想成為一個現充，還差得遠呢。

隔天早上，抵達站牌時其他人都還沒到。難得我第一個來。

遠遠看見站牌底座上有個小盒子。靠近一看，不由得大吃一驚。是無線耳機的包裝盒。上面貼著一張便條紙，紙上以潦草的字跡寫著「失物招領」。

我環顧四周，拿起盒子。

這副耳機和中田那副又不一樣。我拿出手機，打上型號搜尋。這是一副要價三萬五千圓，相當高級的耳機。簇新的盒子，從拿在手中的重量看來，裡面應該也不是空的。

……要是我擁有這樣的耳機。

光是這樣，似乎就很有現充的架勢了。散發一股精通音樂，經濟無虞的型男氣質。要是看到我用這副耳機，中田一定也會對我刮目相看，說句「新島，有你的嘛」。

失主大概沒想到東西掉在這種地方。或許是下公車時不小心掉的，可是，如果是很重視的東西，不是應該好好收進包包裡嗎？從包包裡外露，還連掉在地上都沒發現的話，就表示對方錢多得不把這當一回事。

這麼一想，我不禁心跳加速。再次左顧右盼，看有沒有人過來說「那是我的」。

……沒半個人。

平常一起等公車的同伴都還沒到。

劇烈跳動的心臟，彷彿要跳出胸腔。不行、不行、不行。總覺得身體深處有什麼正這樣對我說。然而，糾纏不去的欲望稍稍戰勝了理性。我想要。想要這副耳機……想沾上現充的邊。

在這連一個路過行人都沒有的路旁，我把盒子收進背包裡。

午休時間，我跑到校舍後方，確定沒其他人之後，才打開那個盒子。

盒子裡放著閃亮亮的全新無線耳機和說明書。「透過藍牙與智慧型手機配對」的說明使我有些困惑，對不熟悉機器操作的我來說，無法一眼就看懂這句話的意思。今天也很悶熱，額頭上冒出詭異的汗水，卻一定不只是因為天氣。

對照說明書操作了一會兒智慧型手機，比想像中輕易配對成功。什麼嘛，我也辦得到啊。

一陣小小的成就感之後，把耳機塞進耳朵。正好貼合我的耳道，光這樣就令人感動。

打開手機裡的YouTube應用程式，猶豫了三秒，我在搜尋畫面上輸入「Square Parts」。點開中田說的那首〈妳迴盪的聲音〉，閉上眼睛。我第一次聽這首歌。主唱明明是日本人，歌詞第一句就是流暢的英語。節奏輕快，旋律振奮人心。歌詞換成了日語，聽來是一首讚美戀人的歌曲。

連低音的音質都清楚乾淨，聽著很舒服。最重要的是，親身體驗到少了耳機線的解放感。現在的我，是個自由的文明人。

對了，拍張照片上傳Twitter吧。推文就寫上「新武器，入手！」。

可是，正要打開手機攝影功能的瞬間，我停下動作。

——薊一定會對這則推文按「喜歡」。

「…………」

我將手機收回口袋，耳機放回盒子裡。

要是能用這副耳機聽雨聲，那聲音不知道會有多美。

隔天早上，又是秋葵來叫醒我。

我伸長手想摸摸秋葵的脖子，卻覺得有點怪怪的。睡得迷迷糊糊的視野裡出現陌生的圖樣。

手臂上那是什麼？

從充當睡衣的短袖T恤袖口伸出的裸露手臂，內側清楚寫著五個粗體字，從上到下分別是：

神明值日生

「……啥？」

不明白發生了什麼事，我依然躺在床上盯著自己的手臂。

「秋葵，這什麼啊？」

昨天我回家時，媽媽已經出門了，當然也不可能是秋葵寫的，只是牠剛好在眼前，就隨口問問而已。沒想到，一個不是秋葵的聲音回應了我：

「值日生，找到你啦！」

我差點沒嚇死。不知道什麼時候出現的，一個老爺爺正坐在床緣。從額頭往上的頭頂一片光溜溜，兩側耳朵旁卻長出蓬蓬的白毛，好像一隻貴賓狗。

「你、你誰啊？」

我縮起身子，老爺爺嘻嘻一笑：

「我？我是神明大人。」

「……神明？」

老爺爺身穿深紅色的上下成套運動服，個子跟小學生差不多。

秋葵四平八穩坐在老爺爺腿上。除了家人，牠原本是隻對他人戒心很重的貓，會做出這種舉動可真稀奇。老爺爺愛憐地拍撫秋葵的背。

這是怎麼回事？如果說、如果說這個人是神明，那我該不會……

我摸摸自己身體確認，老爺爺就說：

「沒事啦，你活得好好的喔，naoking。」

我睜大雙眼。naoking……他怎麼會知道？

我在Twitter上的暱稱是「秋葵」。可是，最初開設帳號的時候，@後面還需要設定一個用戶名，我就拿自己名字「直樹」的羅馬拼音Naoki變化成naoking，後面再加上自己的生日數字。可是，沒有比被人當面稱呼「naoking」更丟臉的事，king什麼的，也太自信過剩了吧。

腦中一片混亂，我看著眼前的情景。

莫名親人的秋葵。

不該有其他人知道的「naoking」。

這老爺爺到底何方神聖。我還在疑惑，老爺爺又猛地歪頭說：

「欸、naoking，答應我一個要求。」

「要求？」

「嗯。我想成為現充。」

……啥？

「讓我成為現充。」

「為、為什麼我要做這種事？」

「因為我是神明啊。」

我皺起眉頭。我確實是個廢柴高中生，可是就算這樣，他以為我會相信那種鬼話嗎？既然他要這麼說，那我就反駁到底。

「應該相反才對吧？神明才是答應人類要求，為人類實現願望的一方啊？你來讓我成為現充吧。」

「不行不行。naoking是值日生，所以你得來讓我成為現充才行。」

什麼跟什麼啊，完全拿他沒轍。要我讓這個老爺爺成為現充？

對了，那副耳機。本來今天想早點出門，把耳機放回站牌下的，不如把耳機送給他吧，這樣他就滿意了吧？

我伸手到上學揹的後背包裡摸索。

「……咦？」

耳機不見了。

「怎麼啦？要是你不能讓我成為現充，就得一直輪值喔。」

「不、可是我確實放進這裡面了啊……」

「只要有那個，就能成為現充嗎？」

……不對。

是啊，一切都被老爺爺看透了。他連我偷了耳機的事都知道吧？

那時，我隨便拿走人家的東西，以為這樣就能成為現充。那件事是神明的考驗嗎？我功課不好，別說當個高中生了，連當個人都不及格嗎？

「世界最強，naoking駕到！」

老爺爺高舉單手，朝天花板伸得筆直，模仿戰隊超人的姿勢。我雙手合十，拚命拜託：

「拜、拜託你，請別再叫我naoking了。」

「可是，其實直樹就是naoking吧？」

感覺像內心深處的什麼被人看穿，瞬間一陣暈眩。

「那我就在這等嘍。」

秋葵忽然從老爺爺腿上跳下來，與此同時，老爺爺縮成了一顆小球。不、與其說球，不如說像地圖應用程式上的圖釘符號。我還驚魂未定，圖釘符號已朝我左手飛來，直接鑽入手心。手臂像轉成振動模式的手機一樣抖了幾下，立刻又平靜下來。

「……真的假的。」

屋內瞬時變得安靜，我與秋葵面面相覷。那老爺爺就在這裡，他鑽進我的手臂了嗎？

原來他真的、真的是神明……！

秋葵看起來並不特別驚訝，一臉若無其事地舔起毛來。

設定好的鬧鐘響起，如果這一切都是夢該多好。我這麼想著，再次朝手臂望去，確認了「神明值日生」五個字好幾次。

放完黃金週假期後，幾乎沒有學生穿全套學生制服來上學了。多數人只穿一件白襯衫，遇到比較熱的天，還有人捲起袖子。

然而我為了掩蓋手臂上的字，只好穿著外套上學。總之，不能讓任何人看到這幾個字。

原以為自己藏得很好，神明卻一再提醒我輪值的事。

午休時間，四個班上同學聚在教室角落。我從旁邊走過，看到他們好像在玩手遊。內心才剛羨慕地想「好好喔……」，下一秒，左手就擅自動起來，從外套口袋拿出自己的手機，朝他們面前一伸。

嚇死我了。神明怎麼可以擅自操控我的左手，沒聽說有這種機制啊。

那四個人張口結舌看我，奇妙的短暫停頓後，我露出打圓場的討好笑容。

於是，其中一個人理所當然地問：「新島也要玩喔？」

「啊、嗯、嗯！」

打入同儕的過程順利得教人驚訝。我原本還以為會被當成怪咖或遭大家排擠。

他們玩的是一款叫「荒野行動」的手機遊戲，我在旁邊看他們玩到一個段落後，自己也下載了應用程式，加入遊玩的行列。

雖然有點累人，但也很開心。第五堂課開始前，我坐回自己座位喘口氣，撐著下巴發呆時，中田一看到我就笑出來。

「那什麼？怎麼會這樣？」

我赫然一驚，望向自己左手。糟糕，還以為穿著制服外套就沒問題，沒想到完全不是這回事。托腮的動作讓袖子下滑，露出其中一個字。

神詭異。這一看就太詭異了。我強裝開朗表情說：

「喔、這個啊，其實是……人家拜託我去神戶屋買麵包，我怕忘記，就寫在手上提醒自己啦。沒想到寫太大字了。」

「喔喔——」

中田笑著點頭。

「太好了，看到神什麼的，還以為你是那種怪怪的傢伙。」

我差點哭出來，卻拚命笑。

饒了我吧，神明值日生到底得輪值到什麼時候。究竟要我做什麼，才能讓神明成為現充？

現充……話說回來，現充到底是什麼？

「是有女朋友吧……」

我忍不住喃喃自語，中田睜大眼睛。

「女朋友？新島，叫你去神戶屋買麵包的是你女朋友喔？」
「……嗯、對啦。」
我說了謊。
「原來你有女朋友，怎樣的女生？」
中田咧嘴笑著湊上來。
我拿出手機，打開之前存的薊的照片，快速在他眼前晃了一下就馬上關掉了。
「這樣哪看得清楚，讓我好好看一下啦。」
「不行。」
要是好好看清楚了，怎麼可能有人會相信這麼漂亮的女生是我女朋友。我完全配不上她。
要是能像中田一樣有多好。那樣的話，就會更有自信了。
前陣子去看Squpa的演唱會，超棒的。
我喜歡〈妳迴盪的聲音〉這首C／W曲。

歡。

傍晚，我在回家的公車上寫了這篇推文。那確實是首好歌，我也真的很喜

這條推文，有百分之幾是謊言，又有百分之幾的真實呢？

那天晚上，手機通知我薊發了新推文。

打開一看，是轉推「星戲院」的官方推文。星戲院是一間獨立電影院，轉推的內容是即將上映外國電影《藍，還有貓》的訊息。我沒聽說過這部電影，就直接從推文裡的連結連到官方網站看。

原來是一部法國導演拍的紀錄片。記錄在摩洛哥一個叫契夫蕭安的山城裡的貓。電影本身沒有引起太大話題，在這家電影院也只上映一星期左右，而且一天只放映一個場次。可以說是「知道的人才知道」的小眾電影。

可是，我內心卻是一陣激昂。因為星戲院離我家近得只要搭兩站電車。

不知道薊為什麼要轉推這個，或許單純覺得電影有趣，或許因為電影裡有貓。但也說不定，薊跟我一樣住在離星戲院很近的地方，而她想去看這部電

影……

左手忽然抖動。發出「欸？」的驚呼時，神明像跳出驚喜箱一樣從我手心鑽出來。

「等、等一下，哪有人這樣出場的啦！」

無視慌慌張張的我，神明滿不在乎地說：

「那你就早點習慣啊。」

「什麼？」

我摩挲手腕和手臂。到底是怎麼弄的？手心明明沒有洞。

秋葵坐在房間一角的椅墊上，緩緩搖著尾巴凝視神明。

「秋葵～」

神明這麼一叫，秋葵就發出「喵嗚」的應答聲，跑過來摩擦神明的小腿。

「我喜歡貓。」

神明蹲著摸秋葵，又用臉頰去蹭牠。

「秋葵～ naoking 都不趕快讓我成為現充～」

「我、我不是說了嗎，到底想要我怎麼做啊。」

神明咧嘴一笑，抬起頭。

「明天我要去星戲院，去看貓的電影。」

「啥？」

「這樣的話，說不定能見到薊。」

「不、這……」

「人家就是要去——！要去星戲院！naoking要是不去，我就去不成了嘛！」

也就是說，祂附身在我手臂上啊……好像有看過這種漫畫。

大概被握拳亂揮的神明嚇到，秋葵尾巴翹得老高，跑回座墊上。神明大叫：

「人家想超越虛擬嘛！」

這句話聽得我猛然醒悟。

這才明白，為什麼我看見她的轉推時，內心會那麼激昂。

「不用和薊在現實生活中見面也沒關係，維持現狀就好了。」我明明這麼想，現在心頭卻猶如小鹿亂撞，肯定是因為，「想見她」才是內心深處真正的願望。

「可是，又不知道薊會不會來。」

「你想錯過這個機會嗎？」

機會。

嗯。對啊。薊不知道我的長相。

只要去看她一眼就好。不用講話也沒關係，只要看到她就夠了。這樣的話……

隔天，配合下午一點半的電影場次，我在一點前抵達星戲院。

雖然穿了長袖T恤，又怕萬一不小心被看見的話，那就傷腦筋了。上次被中田看到「神」字，還被他調侃了一番，使我從中記取教訓，做足萬全的準備。

靈機一動，我用繃帶把左手腕纏起來。這樣的話，頂多只會被以為是手扭到吧。

星戲院是個只有六十個座位的小電影院，來的人也稀稀落落。憑著那張不知看過多少次的自拍照，眼神掃過眾人，沒看到像她的女生。

售票處前面是個規模不大的大廳，我買了自動販賣機的咖啡歐蕾，坐在旁邊的長椅上。

有個看似國中生的女孩從廁所出來，站在販賣機前。身上穿的是胸口有嚕嚕米貼布的連帽上衣和牛仔褲。應該不是她吧，薊沒這麼孩子氣。

女孩確認了販賣機的品項後，從錢包裡拿出零錢。食指放上按鈕時，我不經意瞥見她的手，嘴裡的咖啡歐蕾差點噴出來。

拇指第一關節下方，有個弦月形狀的傷痕。

她是薊？

屏住呼吸，朝女孩的臉望去。不對，不是她。薊更清瘦，長相也更夢幻……眼前的女生有張圓臉，一雙小眼睛，臉上還有雀斑。

可是，她買的是Bikkle乳酸汽水。薊說過喜歡的飲料。

我倆四目相接，我沒有別開頭，情不自禁盯著她看。女孩似乎察覺了什麼，身子一震，臉上露出「不會吧」的表情。直到這時，我才終於把頭轉開，但舉止顯然太可疑了。

戰戰兢兢喝著咖啡歐蕾，視野角落瞥見女孩快速望向另一個地方，走進放映廳。

等了三分鐘，我也進入放映廳。女孩坐在前面第三排最旁邊的位子。我走到第四排相反側的角落位子坐下。空間不大，坐在這裡就能仔細觀察她了。

這種感覺，好像身在同一間教室裡，看著班上的女同學。

通知電影即將放映的提示聲響起，場內燈光轉暗。幾個預告後，《藍，還有貓》開始了。

所有街道、房屋牆壁和樓梯都是藍色的山城契夫蕭安。電影沒有故事情節，只是在幻境般的藍色世界裡看鏡頭追逐貓咪們。感覺像在翻閱寫真集，心情難以專注，內容幾乎沒看進腦中。

片尾字幕結束，燈光再度亮起時，女孩已經不在那裡了。

不想直接回家，我跑進車站裡的星巴克，坐在吧檯位子恍惚思索。

那一定是薊。雖然跟照片長相不同，我卻莫名如此確信。

雖然無法確定，但她大概也發現我可能是秋葵了。

……問題是那張自拍照。

難以釋懷的我凝望冰咖啡杯裡的冰塊。

「咦？新島？」

聽見有人喊我，抬頭一看，一手拿著杯子的中田站在那裡。

「你一個人？」

「嗯。」

我點點頭，中田輕輕指向我隔壁的座位。應該是想問我能不能坐這吧。我再點一次頭。

「中田也一個人嗎？沙百合呢？」

「跟她約好在這碰面。附近藝廊有個攝影展……」

說到這，中田忽然盯著我的左手腕。

「新島、你……」

他露出幾近恐懼的嚴肅表情看著我。

「欸？」

「你該不會心裡有什麼事過不去——」

「欸？啊、不是啦、不是啦！」

中田不像昨天那樣好糊弄。是啊，左手腕上的繃帶很容易令人產生拿刀自殘的誤解。

「不嫌棄的話，有什麼煩惱都可以跟我說。」

中田壓低聲音。他人真好，我一陣感動。中田跟我簡直就像朋友。

「……謝謝。」

我低下頭道謝，然後抬起頭：

「你剛說的攝影展，是怎樣的？」

聽我這麼一問，中田出示傳單。

「一個叫樋口淳的攝影師開的展，我是他的粉絲。」

「中田從什麼時候開始玩攝影的啊？」

「小學三年級。拜智慧型手機之賜，現在已經是全民攝影師的時代了，也有很多性能很好的修圖應用程式。」

修圖應用程式。

我赫然心驚，握緊手中的冰咖啡。

「你說的修圖應用程式，是在臉上加兔耳或貓鬚那種嗎？」

「嗯，那種也有啦，不過像是把皮膚修漂亮啦，調整臉型或眼睛大小啦都很容易，任誰也能輕易修成絕世美女。」

原來是這樣，我都不知道。還以為只能變成動物呢。

「話說回來，就算不修圖，照片也會騙人啊。我就曾把沙百合拍得很醜。」

換句話說，本人是非常可愛的對吧。

「搞什麼，結果還是在放閃。」

我笑出來，中田也咧開嘴角。

這時沙百合來了，我用眼神打個招呼，中田就拿起杯子說「再見嘍」，走出店外。

晚上，我一個人在房間裡，再次打開薊的照片。

左手臂一陣抖動，神明倏地跳出來。

「居然被騙了！」

一出來就是這句。

可是，神明沒有發怒，別說生氣了，祂甚至捧腹大笑。

看到祂這樣，我緊繃的身體這才放鬆。

是啊。居然被騙了，老實說，我也這麼想。

可是，這不是憤怒或失望的情緒。比起這些，該怎麼說呢……一種忍不住想笑的感覺從內心深處湧現。

居然被騙了，搞什麼，根本不是那樣嘛。

神明的笑聲牽動了我，跟著笑起來。無以名狀的不成形情感，漸漸變得清晰。

我往回重溫薊的推文。

橡果與山貓。Bikkle乳酸汽水。昆蟲裡最喜歡蜻蜓，最討厭馬蠅。心情浮躁的時候，就拿蠟筆畫圖。覺得稍微氽燙過的春季蔬菜顏色很漂亮。

毫無衝突。倒不如說，那個女孩完全就是薊。

「我啊，覺得照片裡的薊確實很美，但那孩子本人更可愛呢。」

「……嗯，我也覺得。」

「嗳、我想跟她做好朋友。」

「欸？」

「想跟她拉近距離啊，人家想當個現充！」

「意思是神明想跟薊見面？」

神明在胸前豎起食指，左右搖擺，嘴裡發出「錯、錯、錯」的聲音。

「你怎麼就是聽不懂，意思是說，我要在 naoking 身體裡體驗這件事。假設 naoking 是鋼彈，我就是阿姆羅．雷。」

「欸……什麼啦。」

「naoking，你要去拉近跟那女孩之間的距離。」

「不、可是又不知道人家對我有什麼觀感。」

是啊。真要說的話，這才是眼前的問題。

說不定，她覺得我是個比想像中更不起眼的男生。只是在 Twitter 上互相按喜歡也就算了，說到要在現實世界裡往來的話，人家薊可能根本沒有那個意願。

「神明準備出發！」

神明咻地變成圖釘符號，一轉眼就鑽進我手裡。

左手拿起智慧型手機，打開 Twitter 應用程式，只用拇指靈活打起字來。

> 今天去星戲院看了《藍，還有貓》。很棒的電影。
> 明天想再去看一次……是否能再次見面？

這、這什麼推文啊。根本就是針對薊的發言啊。再說，什麼「是否能再次見面」，以為是少女寫的詩嗎？很肉麻耶，這個。

上傳這種文字太羞恥了。可是，雖然我想阻止，左手仍硬是按下上傳鍵。我無奈嘆氣。

——可是，萬一——

萬一薊那時察覺四目相接的對象是我，而她也不排斥和我見面的話，明天說不定會來。

比平常晚二十分鐘左右，薊按下了「喜歡」。

隔天星期天，我再次於一點來到戲院大廳。

要是纏上繃帶，怕給人不好的聯想或造成擔心，思考了半天，決定戴上Nike的紅色護腕。

國中畢業那個春假，打定主意上了高中就要加入籃球隊的我，第一個買下的就是這護腕。沒想到，連用都來不及用就閒置了。不過算了，沒關係，東西有時就是能在意想不到的地方派上用場。

心怦怦跳著等待，戲院的自動門打開，那個女生走了進來。

果然……她果然是薊嗎？

突然，左手擅自舉起來做了個「嗨」的手勢，嚇出我一身冷汗。嗚哇，不要這麼不受控啊，神明！

正想趕緊放下手，女孩已經發現了，緊抿著嘴唇，朝我點了點頭。這下可以肯定，她就是薊。

既然如此，我也只能豁出去，站起來。

「請、請問……薊……妳是薊嗎？」

薊點了點頭。

和昨天穿的連帽上衣牛仔褲不同，今天她穿了一件莓菓色的洋裝。睫毛上還有結塊的睫毛膏，看得出她不習慣化妝但盡力打扮了。

「妳、妳好，我是秋葵。」

「……你好。」

站在大廳入口，我們面面相覷，陷入沉默。

我深吸一口氣，努力擠出笑容。

「我、我叫新島直樹。叫我直樹就可以了。薊呢？該怎麼稱呼妳？」

「……薊。」

「啊……嗯，說的也是。」

這樣啊，告訴我本名還太早了是嗎？

「那個……妳來看電影？」

「嗯。」

我們走向售票處，我先買好票，接著薊對窗口說：「高中學生票一張。」原來她不是國中生啊。

「請問有帶學生證嗎？」

窗口裡的工作人員問薊。

她「啊」了一聲，伸手進包包找。

學生證掉落我腳邊，撿起來時，不假思索看了上面的名字。

Y高中二年級，村山菊子。

薊露出「搞砸了」的表情。

我知道Y高中，那是間私立女高。還有，她二年級了啊，外表看起來稚嫩，年紀卻比我大。

我們沒來由地安靜下來，走進燈光仍明亮的放映廳。找了靠近中間的位子坐下。就像班上換位子抽籤時，正好抽到坐隔壁一樣。

薊用輕得幾乎聽不見的聲音說：

「……被你看見了吧。菊子這種名字，好丟臉。」

「為什麼？我覺得很可愛啊。」

我真的這麼認為。

薊瞬間臉紅，像辯解什麼似的急著說：

「因為，這名字一點也不現代啊，小學的時候，不知道被同學嘲笑過多少次，說我是阿菊人偶。」

「像菊人偶不是很好嗎？大家是在稱讚妳吧？」

「不是菊花組成的那種菊人偶喔，是『阿菊』人偶，傳說中頭髮會長長的那個木偶，這是鬼故事耶？」

「……那就有點討厭了。」

我望著半空這麼說，薊卻噗哧一笑。

「總覺得……」

「嗯？」

「鬆了一口氣。」

漾著笑容的薊，眼神落在我身上。

「不要叫薊，叫我菊子沒關係。老實說，我很喜歡自己的名字。」

我也有種鬆了一口氣的感覺。

「自己喜歡就好啦，不用管別人怎麼想。」

「也對。」

我們看著對方，又一起噗哧笑出來。

放映提示聲響起，燈光熄滅。和昨天一樣的預告之後，播映了同樣的影像。和心不在焉的昨天相比，今天這場電影看得專注又開心。

身邊那個吃吃竊笑的圓臉女孩從薊變成了菊子，一點一點融入我的真實世界。

放映結束，走出電影院，我們誰也沒有提議下一步的行動，只是沿著馬路往前直走。走到十字路口，菊子說「這邊轉過去有座公園喔」。她說偶爾看完電影會過去走走。

我們兩人走到了公園，我在入口旁的自動販賣機買了咖啡歐蕾。從取物口拿出來後，左手擅自拿出錢包裡的零錢，又投了一次幣。意思是要我幫菊子也買一罐吧。說的也是，這是我該請客的時候。很有一套嘛，阿姆羅．雷。第一次感謝神明的機靈，我回頭問菊子：

「那個……妳喝這個好嗎？」

我指著Bikkle乳酸汽水問。菊子瞬間睜大眼睛，接著便微笑點頭。

……天啊，也太可愛了吧。

我拿出Bikkle乳酸汽水交給菊子。大方說謝謝，接過飲料的菊子的手指。一直以來只能透過手機螢幕看到的這隻手，如今就在我眼前動著。

公園很大，種了各式各樣的樹，也有一片不小的草地。我們一邊走，一邊有一搭沒一搭的天南地北閒聊。我說秋葵是媽媽帶回家的流浪貓，因為喜歡吃秋葵才取了這個名字。菊子說她是為了家政課的作業設計食譜時，想搜尋秋葵可以做什麼料理，無意間找到我的推文。

她說，《藍，還有貓》裡面，那隻睡得香甜的黑白花貓最可愛。

「日光東照宮不是有『眠貓』嗎？好像那個喔。」

說到日光東照宮，我小學時去過。住我們這附近的小學生大家都在遠足時去過日光。參拜道前的入口有著貓的雕像，我到現在還記得那裡貼心掛上寫著「↑上有眠貓」的招牌。

「妳真的很喜歡貓耶。」

「嗯。幼稚園的時候吧，有志工來讀故事書給小朋友聽，其中有個故事說得很好聽的大姊姊。聽了她讀的〈橡果與山貓〉後，我就超愛貓和那本書了。」

〈橡果與山貓〉，記得沒錯的話是宮澤賢治的作品。他的作品之中，我有好好看過的，或許只有國語課本收錄的〈不輸給雨〉。也不懂最後那句「大家都叫我木頭」到底是什麼意思。仔細想想還真過分，要是被人家稱為木頭，我會很難過。因為他們說得沒錯。

菊子微微低下頭，無奈地說：

「可是我對貓過敏。」

「啊？是喔。」

「嚴重過敏。就算沒有摸到貓，光是待在同一個房間裡，我的噴嚏就停不下來，有時還會冒出蕁麻疹。所以，只能看網路或電視上的貓。」

這太教人同情，我難以想像。

「所以啊，我對貓一直是單戀狀態。想靠近也不能靠近嘛，對我來說，貓幾乎等同於虛擬世界的生物，就像動畫角色一樣。」

菊子瞇起眼睛，像看什麼耀眼事物似的看我。

「好羨慕直樹喔，可以真實地和貓生活在一起。」

……原來如此，儘管我不太能理解。早上能被貓的肉球吵醒，是一件多麼幸福的事。

樹蔭底下有張長椅，我們坐在那。

指向我戴的護腕，菊子說：

「你有在運動啊？加入了什麼體育性社團嗎？」

我不由自主點頭說了「嗯」，隨即一陣罪惡感襲來，胸口感到刺痛。可是，我又不想說「這只是穿搭」，更不可能說「我正在輪值神明值日生」，所以也沒辦法。

菊子接著問：

「什麼社團？」

「呃……籃球隊。」

「籃球喔！」

不知為何，菊子發出開心的驚呼。匆匆喝下的咖啡歐蕾哽在喉頭，我用力嚥下。

「平常也會戴著護腕嗎？」

「戴著感覺就很安心，我容易流汗，用護腕擦額頭上的汗也很方便。」

我說得支支吾吾，還真的流了一頭汗。舉起手，用護腕擦拭額頭。

「你該不會是主力球員吧？」

「嗯……」

為什麼、為什麼、為什麼我不否認呢。謊言一層一層堆疊，疊得像地層一樣。

「好厲害！一年級就當上主力了！」

「沒有啦，這沒什麼了不起。」

我試圖轉換話題，扭頭東張西望。菊子眼神閃閃發光地說：

「對了，你看，這座公園裡有籃球場。」

我停止呼吸。

還真的有，剛才都沒注意到。菊子手指的方向，有一個被樹木圍住的籃球場。

菊子語帶遺憾地說：

「唉——要是有籃球就好了。」

「就、就是啊，要是有籃球就好了。」

「我運動神經很差，最佩服會運動的人，也最喜歡看體育競賽了。對了，比賽時我可以去幫你加油嗎？」

「……欸？」

原本硬擠出來的笑容從臉上消退。

怎麼辦，現在還來得及說那是開玩笑的，當作沒這回事嗎？可是，在她一口一句「好厲害」、「最佩服」的稱讚下，我實在說不出口。正因為不習慣被稱讚，心情飄飄欲仙，更是說不出否認的話。

我低下頭，低聲回答：

「這個有點……不太好吧。畢竟妳是其他學校的學生……」

短暫沉默後，菊子說：

「這樣啊，說的也是啦。」

感覺得出她笑得很勉強。

得想個其他話題才行。看是聊秋葵，還是聊菊子喜歡吃的東西。明明這麼想，卻一個字都說不出口，我們依然沉默。

率先打破沉默的是菊子。

「那個啊……我那張自拍照……」

「嗯？」

「跟真正的長相差太多，你嚇到了吧？」

菊子歉疚地低下頭。我用誇大的動作搖頭否認。

「嗯——有嗎？」

「抱歉，我不誠實，修圖修得太過頭。」

我繼續蹩腳的演技。

「是嗎？那張照片，妳一下就刪除了嘛，所以我不記得了。」

「……真的嗎？」

「嗯。」

菊子肩膀顫抖著嘆氣，喝下一口乳酸汽水。

「直樹同學。」

「是。」

她凝視我，眼睛有點濕潤。我看呆了，菊子又說：

「還能再約見面嗎？」

我止不住傻笑。

「啊——所謂的現充，就是在說這麼回事吧。」

我獨自在房間裡，發出聲音這麼說。書桌上姑且放著英語習題本，現在哪有那個心思做功課。

還能再約見面嗎？她可是這麼說了呢，雙眼閃閃發光，感覺認真到不行。

呵呵呵。呵呵。呵呵呵呵喝。我在習題本角落寫上「菊子」，再畫個愛心框起來。

可是好奇怪，手臂上的文字卻沒有消失。

為什麼啊？還是說，我得輪值到跟菊子正式交往為止？

但那也只是時間的問題了啊。今天忘了跟她交換LINE帳號，不過，沒關係啦。

因為Twitter有直接傳訊息的功能！回到家時，菊子已經傳訊來說「今天謝謝你」了！

正當我開懷大笑，左手臂抖動了幾下，神明出現了。說不定是要來通知結束輪值的事。

「真是的，你在搞什麼啊naoking。我明明說了想當現充的啊！」

神明雙手抱胸，氣得鼓起腮幫子。

我傻眼詢問：

「為什麼？我已經是現充了啊？」

有女生主動說想再跟我約見面耶？在我十六年的人生中，這已經是很不得了的事吧？

神明搔著臉頰說：

「naoking，對你而言現充是什麼？」

「……什麼是什麼？」

我陷入思考。

是啊，我一直在想這件事。

現充到底是什麼？視線默默落在習題本上，神明再次鑽進我手中。

手臂上的文字沒有消失，就證明了神明不接受我的答案。肯定沒錯。

隔天，我傳訊息給菊子，約她去星戲院附近的藝廊。稍微查了一下，中田說的樋口淳攝影展到星期三，每天晚上八點前都開放。

星期三放學後，我們約在星戲院那一站碰面，再一起走去藝廊。攝影展規模比我想像中小，一下就看完了。不過，內容很棒。那些照片傳遞了日常生活中小小的喜悅和為某個誰著想的溫柔心意。

走出藝廊，天色還很亮，我們又去了那座公園。我站在自動販賣機前，菊子就說：「上次讓你請客，今天輪到我了」，按下咖啡歐蕾的按鈕。

坐在上次那張長椅上，我們一起喝飲料。制服約會。這就是制服約會。這麼現充的事竟然發生在我身上了。

不經意地，視線落在菊子拇指的傷痕上。弦月形狀的傷痕。對我來說，這是薊@菊子的重要印記。

實際見面前我經常想像，薊是從月亮下來的嗎？還是魔法師？

出神地盯著菊子的手指看，不知何時……對，不知何時我的左手動起來，緊握住她的手。

菊子驚訝地抬起頭，我比她更驚訝。急忙放開手辯解道：

「不、不是啦！那不是我，是左手自己……！」

哇哇哇，拜託喔，神明。做這種事我真的會很困擾啦！

右手壓住左手，左手也不甘示弱攻擊右手。混帳東西，夠了喔，你這個色老頭！

就在我的左手與右手對戰時，菊子目瞪口呆地說：

「……你在幹嘛？」

「不、就說我的左手它——」

「沒關係啦。我並不討厭那樣，只是這種事很講氣氛……」

菊子低下頭，吞吞吐吐地說。

欸？氣氛？所以只要氣氛對了就可以嗎？

等等，不對不對，我在想什麼啊。

為了岔開話題，我問她：

「妳拇指的傷……是怎麼弄的？」

問出口才想到，這會不會是不能問的事？說不定其中有什麼重大的秘密，例如黑暗的過去之類的。可是菊子卻不是很介意，輕鬆地說：「喔，這個啊？」

「小學上工藝課的時候，不小心拿雕刻刀削掉了一塊肉。」

噫噫，好痛。

早知道不該問的，光想像就覺得驚悚。

既不是從月亮上下來，也不是魔法師。這就是現實。

「不過，這傷痕很好玩喔。只要像這樣拉扯旁邊的皮膚，就會變成各種形狀。」

說著，菊子用右手食指和拇指抓住傷痕旁邊的皮膚，伸縮拉扯。

「一下變細長，一下變圓，是不是很像貓的眼睛？」

居然說傷痕像貓眼，有趣的是菊子妳吧。

不過確實，秋葵的眼睛會隨周遭光線變化。說得更正確一點，變化的是眼裡瞳孔的形狀。

菊子像在朗讀什麼似的，開心地說：

「聽說從前的人啊，拿貓的眼睛當時鐘喔。例如貓眼呈蛋形就是早上八點，呈柿種形就是早上十點，變成針狀就是正午……之類的。」

「也就是說，貓眼變針狀就要吃中飯嘍？」

「對對對，貓時鐘。」

「妳懂得真多，好厲害。」

我佩服地這麼一說，菊子就頻頻揮手：

「沒有啦，因為沒辦法實際摸到貓，只好從書裡或其他地方查詢各種跟貓相關的事啊。我也只能靠這種方法認識貓了。」

太陽穴一帶微微泛紅，看似因為被稱讚就害羞了。

菊子忽然抬起頭：

「直樹同學，你是K高校的學生對吧？」

「咦？啊、嗯。」

大概從校徽看出來的吧，她看著我的學生制服衣領。

「其實我表哥以前也是K高校籃球隊的，現在偶爾還會回去指導學弟喔。你們說過話嗎？他叫村山理。」

噗通噗通，心臟劇烈跳動。

「啊——嗯？」

感覺全身血液快速奔流，一邊做出模稜兩可的回答，我不假思索起身。

菊子也跟著站起來，兩人並肩往前走，幸好即使不說話，好像也沒那麼尷尬。

花圃裡的繡球花即將綻放，黃綠色花萼裡冒出鼓鼓的粉紅色花苞。繡球花這種花，本身就像花束。菊子拿出手機，拍下一張照片。

「好可愛，感覺就快盛開了，真不錯。」

菊子拿著手機對我笑。

「噯、要不要一起拍一張？」

「咦……這個有點……」

我苦笑拒絕。

一想到菊子可能把我的照片拿給她表哥看，我就不敢輕易留下照片。萬一她從表哥那裡得知K高籃球隊根本沒有我這號人物，謊言以這種方式被識破就太糗了。

我自以為拒絕得委婉，菊子卻露出明顯僵硬的表情。我慌了手腳。

「不是、那個……」

找不到任何自圓其說的藉口，我覺得好難受。

乾脆全部坦承吧。坦承自己根本沒有半點運動神經，最重要的是，坦承自己說了膚淺的謊話。

……不行。要是菊子討厭真正的我怎麼辦？

怎麼辦，該怎麼做才好？

尷尬的氣氛瀰漫。

菊子把手機收進包包，輕聲吐出一句：

「噯、直樹同學，我那張修圖照片，你是不是給朋友看過？」

我心頭一驚。但菊子的語氣沒有責備的意思，表情也很平靜，面對這樣的她，我沒辦法含糊帶過。

「啊……嗯。」

果然。說著，菊子輕聲嘆氣。

「你知道嗎？日光東照宮裡啊，有一根柱子故意倒過來裝，藉此讓建築處於未完成的狀態。」

為什麼現在突然提這個？

儘管內心疑惑，我還是答腔道：「是喔？」

「你知道為什麼嗎？」

我搖搖頭。菊子慢條斯理地說：

「因為完成的下一步就是開始崩壞了啊。」

菊子仰望天空：

「……一開始，我只是想消掉雀斑而已。」

依然望著上方，菊子就像對著遠方而不是對著我似的，一個字一個字慢慢說：

「修圖應用程式這種東西，一開始只是想美肌一下，接著想臉頰修瘦一點，下巴線條俐落一點，眼睛修大一點……就這樣愈來愈過頭了。因為那些『一點』可以讓人化身成另一個人，欲望就這樣克制不住。『要是我長這樣就好』的念頭不斷膨脹，不知不覺中，好像那才是真正的自己。」

我只能默默聽。菊子閉上眼睛。

「從沒想過能和你在現實中見面……我只是希望那個每天互相按『喜歡』的秋葵覺得我很可愛。」

我的心像是揪了起來。

我們內心映出的是相同的景色。拚命想說明自己的心情，卻無法化作言語，我的嘴巴張了又閉。

菊子終於轉回正面：

「我很開心喔。謝謝你願意鼓起勇氣來見現實中的我，見面之後，直樹同學也沒有改變態度，依然友善地和我相處。連菊子這個名字，你都稱讚可愛。我真的很開心。」

可是。菊子接著說：

「我一直很不安。擔心直樹同學認為修過圖的我比較好，所以你才不想讓朋友看見我。不希望我去幫你加油，也怕跟我的合照會被人看見。修過圖的薊和真正的我不一樣，只是因為直樹同學很善良，才無法拒絕跟我見面。」

不是，不是這樣的，我……

我怎樣？我做了什麼，讓菊子產生這樣的誤解？

「那張照片裡的我，就是虛假的完成體。所以接下來只會崩壞。」

菊子沒有生氣，甚至沒有哭。

她只是靜靜微笑，喃喃低語：

「再見。」

朝我背轉過身。

這種時候，神明偏偏不肯代替我採取行動。

「等等。」這麼說著，快抓住菊子的手臂啊。

可是，我像一塊木頭站在原地，只能看著菊子離去的背影。

隔天，中午的便當吃沒兩口，我就跑去校舍後方聽雨聲頻道。

昨天晚上，我的 Twitter 跟隨者少了一個人。心想或許是薊，打開名單確認，真的是她。我失落不已。更教人失落的是，薊不但從我的跟隨者名單中消失，我在自己的跟隨名單裡也找不到她。原本以為她只是把我設為黑名單，看來或許整個帳號都刪了。

我和薊的聯繫，就這樣斷得一乾二淨。

將我們連結在一起的，只是幾個英文字母與數字的排列。重新體認到這一點，我愕然失語。曾經依賴的，竟是這麼不可靠的東西。

聽著雨聲，世界在我眼中變成沙塵暴。

用戶名稱，naoking……

老實說，naoking是我幼稚園時想像出的超人。睡午覺時有同學穿「甲蟲王者Mushiking」圖案的睡衣，給了我靈感。

我讓naoking住在自己身體裡面。naoking無敵又勇敢，是個心地善良的王者。不敢喝牛奶也沒關係，玩具被比自己高大的孩子搶走也沒關係，就算媽媽遲遲不來接我回家，我也不會哭。我的身體是堅固的機器人，坐在裡面操縱的naoking才是真正的我。

我對naoking的運用差不多到上國中為止，不順利的狀況愈來愈多後，我也漸漸忘了這件事。直到思考Twitter用戶名稱那天，才又像打開驚喜箱的蓋子一般不經意想起。

所以，聽到神明那麼說的時候，我真的嚇了一跳。

「可是，其實直樹就是naoking吧？」

無敵又勇敢，心地善良的王者。一方面「想變成那樣」，一方面鼓勵自己「一定可以變成那樣」的我自己。

左手臂抖動起來。連在學校裡都會出現喔，神明。可是，我已經連反抗都提不起勁。

神明從左手鑽出來，坐在我身邊。

「雨聲，我喜歡。」

明明戴著耳機，神明的聲音聽起來依然清晰，彷彿從耳機裡傳出來似的。

「嘖，事情進展得不順利耶。」

神明忽然發牢騷，像火男面具一樣噘起嘴巴。

「身為籃球隊主力球員，還去看了Squpa的演唱會，跟女朋友甜甜蜜蜜，應該已經是完美的現充才對了說。」

被神明這麼一講，我頹喪低頭。他說的是誰的現實啊？

我的現實是——

嚮往籃球的世界，卻才剛踏入就受挫，平常聽的頂多是YouTube裡的音樂，和菊子也進展得不順利。

菊子因為用了修圖應用程式的事責備自己，其實那一點也不算什麼。因為她親自來跟我見面了不是嗎？還道歉說自己說謊修圖，勇敢以真面目示人。試圖竄改現實的人，應該是我才對。

我抱住頭。

雨聲變大了。神明又鑽回我左手。

忽然聽見草叢那邊有人的聲音，我望過去。

是中田。脖子上掛著單眼相機。

「咦？新島？」

中田朝我轉頭，我拿下耳機。

「你在拍照啊？」

「嗯，櫻花樹的新葉很美，我想趁現在趕快拍。等到傍晚就沒有這種光影了。」

看出我的鬱鬱寡歡，中田問：

「怎麼啦？跟女朋友吵架了？」

「……有點事。」

才剛說完，我又改口說：

「不、抱歉。其實還不算是女朋友。只是我自己覺得對方很不錯而已。在她面前總忍不住想耍帥，沒法好好表達真正的心情……結果就被拒絕得一乾二淨。」

中田手裡的鏡頭對準櫻花樹，「喀嚓」，發出尖銳又渾厚的聲音。這就是真正的快門聲啊，這才發現，用智慧型手機拍照時的聲音，模仿的就是這個。

中田依然對著櫻花樹，嘴裡對我說：

「八次。」

「咦？」

「我被沙百合拒絕的次數。」

我睜大雙眼，中田再次舉起相機，語氣聽來不知為何有點愉快。

「畢竟我可是從小學一年級就開始暗戀她的啊。只是想到俗語說跌倒七次站起八次，那我就試個七次吧。」

喀嚓。

聽來有些暢快的快門聲再度響起，中田繼續說：

「然後，就在第八次告白時，她總算答應了。那是國中畢業典禮時的事。所以，我們其實才交往兩個月而已喔。花了九年的時間，終於。」

好厲害。

只不過錯身一次就這麼絕望的我，器量真是太小了。

「可是要是沒有暗戀她的那九年，我也沒辦法努力挑戰這麼多事。小學低年級時，我的功課一點也不好，在班上個子最矮，還是個愛哭鬼，也稍微遇到一點霸凌的狀況。沙百合幫了我好幾次喔。」

「欸，沙百合她……」

「嗯。別看她那樣，其實挺有正義感的。所以我一直希望能成為沙百合眼中帥氣的人，這個念頭就是我努力的原動力。拚命用功讀書，想找到不輸任何人的事，做了各種挑戰。直到最近才總算有種努力獲得回報的感覺。」

中田把手輕輕放在相機上這麼說。

「希望喜歡的人覺得自己很棒，忍不住耍帥，努力做到理想中的樣子，這一點也不是什麼壞事。」

我第一次看到中田露出這麼穩重的表情，忍不住把想到的話脫口而出。

「……中田啊。」

「嗯？」

「你剛才說想試個七次，可是其實試了八次耶。這才是最厲害的地方。」

中田笑得整張臉都皺起來，一副心滿意足的模樣。

「喔，你很會說話嘛，朋友。」

中田朝我伸出拳頭，我也笑著舉起拳頭相碰。

「簡直就像朋友」的中田和我，這下好像真的變成朋友了。

那天放學後，我去了體育館。

沒有先報備，就是臨時去的。

我想去為只入隊兩天就退社的事道歉，還有，再次低頭請求讓我入隊。

隊員們用不客氣的眼神盯著我瞧，我也知道有人竊竊私語和偷笑。

「不然，你今天就回來試試看？」

隊長這麼說著，接受了我的請求。

隊上其他人都穿一樣的球衣，只有我穿學校發的體育服和館內鞋，顯得非常格格不入。不只如此，為了遮掩手臂上的字，我穿的還是長袖。還有，明知自己只是初學者，也還不算正式隊員，手上竟然戴著護腕，實在很裝模作樣。但是我告訴自己，這樣護腕才能發揮真正的用途。

「三對三，你下去打。」

隊長從背後推了我一把。

隊員們好奇與嘲笑的視線集中在我身上，我接過號碼背心套上，踏進球場。

我一直是想打籃球的啊。

想像灌籃高手的角色那樣帥氣。可是，漫畫裡出場的角色都是拚了命地練習才有那樣的成果，我才碰一下就認為自己辦不到，輕易放棄。

一個強力的傳球，我沒能接住，球掉到地上。我急忙去撿。

「射球！」

隊長大喊，我用力朝籃框投球，球打中籃框背板角落，反彈回場上。

「差一點，可惜！」

剛才還在笑我的隊員之一，發出認真的呼聲。

瞬間，我內心湧起了某種東西。

……是啊，可惜。不是完全不行。

再投一次，還是沒有進球。可是，只要更努力練習，或許總有一天會成功。

再一次，再一次，再一次。只要持續不斷練習就好。直到球投入這個籃框為止——

星期五一早就下著雨。雨勢很強，落下豆大的雨滴。

聽著現實中的雨聲，我朝公車站牌走去。

明天，五月最後一個星期六，是菊子的生日。

撿起學生證時瞥見的數字，我記住了。

那之後，我又在Twitter上發了幾次推文。秋葵的照片、英文考試有點難的事，還有便利商店賣黃色西瓜的事。

說不定菊子開了新的帳號，說不定她還會來跟隨我的帳號。儘管懷著一絲希望，最後依然沒有任何人來按「喜歡」。

好想在菊子生日那天和她見面。可是，帳號的消失就代表她已經不想跟我扯上關係了吧。

公車站牌下，一如往常地站著那個國小女生。今天她身邊還有一個揹黑色書包，瘦瘦小小的男生。第一次看到他。雨水打在小女生紅色的雨傘上，向旁邊飛濺。

我一走近，就聽到她在喊：

「真是的，你有夠沒水準——！」

還以為她在說我，朝兩人投以一瞥，才發現小女生是在對小男生發脾氣。

「勝！你自己說擔心兔子籠下雨漏水要去檢查，結果呢？難得一起出門，竟然揹了空空的書包？」

「我想起來了啦，昨天朋友說我的書包很臭啊，回家一看，裡面的高麗菜葉爛掉了，還黏在課本上。所以，我就把所有東西都倒出來，結果忘記放回去了。」

「為什麼高麗菜葉會在書包裡面？而且還沒拿東西包住！」

「我想說要帶去給茶比吃嘛，可是忘記了啊。啊哈哈，姊，今天妳還是自己先去學校吧。」

小男生嘻皮笑臉跑掉了。

我的視線不經意地落在小女生身上。

望著那個看似她弟弟的孩子甩著雨傘跑開，小女生臉上浮現溫柔的笑容。像在說「真拿他沒辦法」，眼神滿是慈愛。

剛才不是還生氣大罵他「沒水準」嗎。正當我這麼想時，和小女生四目相接，我不假思索開口：

「原來妳有弟弟啊。你們感情很好呢。」

「我是不知道感情好不好啦……」

小女生歪著頭笑了。

「勝……我弟弟他雖然很沒水準，但也是最棒的弟弟。不管哪一面我都清楚，所以他還是我最重要的弟弟。」

最沒水準但也是最棒的弟弟。不管哪一面都清楚，所以是重要的人。

我恍惚地思考著，平時等車的固定成員陸續到齊。粉領族、穿西裝的大叔、外國男人。從來沒有交談過的這些人，可是曾幾何時，我對這些熟面孔懷抱起親近的情感。

搭上公車，我一手抓著吊環，一手拿手機。

一如每天都會做的那樣，先上網打開中田的Instagram。昨天拍的櫻花樹新葉已經上傳，還是那麼藝術。

這時我忽然察覺，對喔，就算沒有Twitter帳號，上網就能直接看到我的推文了。

說不定……說不定菊子也用這種方式看著我的推文。我開啟Twitter應用程式，點開發文頁面，慢慢打字。

> 明天，是我重要的人的生日。
> 貓眼變成針狀時，我會在那個籃球場前等。

這則推文，全世界的人都能看見。

可是，明白文字隱藏了什麼訊息的，只有我和菊子。

她或許不會看到。可是，也或許會看到。我只能盡力做自己做得到的事。按下推文按鈕。

雨點打在公車窗上。來自天空的水變成水滴，沿著窗玻璃滑落。好像Twitter。Twitter上的推文就像雨水落在時間軸，文字一滴一滴滑過。

在這無數的雨點中，菊子曾找到屬於我的獨一無二水滴。

互按「喜歡」這件事一點也不虛擬。活在同一時代的我們，用活生生的肢體做出這件事，交換了彼此重要的心意。

星期六是個晴天。

我在前往公園途中繞去花店。因為想起中田曾送沙百合百合花的事，就想學學他。

店裡只有一個將一頭黑長髮紮在腦後的女店員，用開朗的聲音對我說「歡迎光臨」。

「請問，菊花在哪裡……」

我這麼一說，店員就為我介紹。

店裡有白色和黃色的菊花，裝在細長的水桶裡。有些是已經紮好的花束，只是該怎麼說呢……感覺很像供在佛壇前的花。實際上應該也是這個用途吧。

我鼓起勇氣詢問：

「請問……如果送菊花做的花束給女生當生日禮物，會很怪嗎？會不會好像供品？」

「嗯——」

店員挑起一邊眉毛，手指搭在下巴上沉吟。

「我也很想挑戰只用和菊配成可愛花束的任務，但確實如你所說。不過，比方說我們把範圍放大，用其他菊科的花來配的話，這樣倒是可行喔。」

店員打開放花的玻璃櫃，接著又說：

「像是非洲菊啦、萬壽菊啦，還有薊。」

「薊？」

「薊也是菊科的花喔。」

「……這樣啊。」

「這種深紫色的薊別名初戀薊，是五月的誕生色。是不是正適合？」

嗯，正適合。再適合也不過了。我提高聲音：

「那就麻煩妳了！」

包在我身上。說著，店員朝我眨了眨眼。

真是可靠的人。看起來年輕有朝氣，同時感覺又很成熟。店員問了我預算，回答之後，她用力點頭，很快製作起花束。

「聽到你說是要送女生的生日禮物，連我都開心起來。」

「不、其實我才剛被她甩……也不知道能不能見到面。」

店員張大眼睛朝我轉頭：

「喔喔，你這個現充！」

「欸？」

她是不是沒有聽清楚啊。我才剛被甩，連能不能見到面也不知道耶。看到我不知所措的反應，店員豪爽地說：

「戀情無法朝預期的發展，在戀愛中起爭執，這才是貨真價實的現充唷。一個只有美好事物的世界不是反而不自然嗎？」

啪嚓一聲，將多餘的莖幹俐落剪下。店員的圍裙上，沾滿花粉和草汁，弄得髒兮兮的。地板上也掉滿爛掉的葉渣。

店員說聲「來！」將綻放各色花朵的花束遞給我。她的手紅腫粗糙，都是為了做出色彩繽紛的夢幻花束。這雙手看在我眼中非常美麗。

「我多送了你一些花。加油喔，少年！」

上午十一點半。

我在公園裡的籃球場前等待菊子。再過三十分鐘，貓眼就會變成針狀。

我將背包和花束放在長椅上。

從背包裡拿出籃球。雖然還是新品，拿在手中很生疏，飄著一股生橡膠的氣味。

可是，只要經常使用，新品的橡膠味一定會散去，我的味道和球的味道會慢慢參雜在一起，球的表面也會多出許多小傷痕，一點一滴，一點一滴，總有一天我和球將會融為一體。就像人與人之間慢慢建立情感一樣。

咚咚運了幾下球後，射出一球。

沒進。

射球。

沒進。

射球。

我的球技真是爛得夠天才了。

然而，只要持續努力鍛鍊，總有一天，帥氣進球的日子或許也會來臨。

naoking正卯足了勁，「看我的」。臉上滿是汗水，我好幾次舉起手，用護腕擦去額頭上的汗。

感覺到視線，回頭一看，菊子站在那裡。

……她來了。看看手錶，果真是貓眼變成針狀的時間。

「妳看到了？」

「……嗯。」

我走到菊子身旁。

「打得很爛吧。」

菊子像是不知該作何反應，輕輕笑了一下。

「嗯。」

我把球夾在身側，猛地向她低頭。

「對不起，說自己是主力球員是騙人的。前天，我重新加入籃球隊了。今後會努力練習。」

「前天？」

聽到這個，菊子不免發出驚訝的聲音。我正視她的臉說：

「真的很抱歉。我不是不想讓朋友看到菊子，而是害怕被菊子發現我在說謊。我是個不中用的男人，不但說謊，還很沒毅力，又愛打腫臉充胖子。之前只加入籃球隊兩天就退出了，我就是這麼沒有毅力。Squpa的演唱會也是，其實我根本不知道票怎麼買，平常聽的都是YouTube的雨聲，我就是一個這麼土的人。」

菊子凝視著我。我又說：

「我只是希望菊子覺得我很帥。」

一滴眼淚，沿著菊子的臉頰滑落。

「……抱歉，我把薊的帳號刪除了。沒有好好告訴你，單方面這麼決定，對不起。一心以為只有自己想做朋友，以為直樹同學討厭我了，所以只想忘記這一切。我是個無可救藥的膽小鬼，害怕受傷。可是，刪掉帳號後，我又好後悔。心想，果然、果然還是想見面。所以才會不乾不脆地上網搜尋秋葵的帳號，然後就看到……」

我把球放在長椅上，換成輕輕抱起花束。

「生日快樂，菊子。」

隔著遞出的花束，菊子哭皺了臉。像下雨一樣，淚水不斷湧出雙眼。

「這些，全部都是菊科的花喔，各種菊花。每一種都很可愛。我想知道更多菊子的各種模樣。」

菊子輕輕收下花束，一邊吸鼻子一邊說：

「……直樹同學一點也不土喔。我也想聽雨的聲音。」

聽到她這麼說，我很驚訝。

「欸？不是加入雨聲的音樂喔，就只是單純的雨聲而已喔。」

菊子伸出食指，戳了我的手臂一下。然後邊哭邊笑著說：

「我喜歡。」

我們並肩坐在長椅上。

把耳機線插上手機，其中一邊耳機給菊子，自己戴上另外一邊，一起聽雨聲。

水說的話，不停朝我的左耳和菊子的右耳流瀉。

細細的耳機線連繫起我們，這是非常美好的事。我慶幸自己擁有的不是無線耳機。

菊子的手交叉放在腿上。那雙手就近在我身邊。我把自己的左手重疊上去，菊子只微微顫動，接著便低下頭微笑。

現在自然而然做出動作的雖然只有左手，但那不是神明的誘導，是出於我自己的意志。對吧，神明？

左手依然握著菊子的手，右手悄悄翻開護腕一看，原本掩藏在下面的五個字，已經消失無蹤。

大拇指上的傷痕，結塊的睫毛膏，臉頰上的雀斑。全都很可愛喔，菊子。

雖然無法成為不犯任何錯誤也不為任何事煩惱的超人——

一定正因為我們不完美，所以才完整。

「嗳。」菊子朝我投以視線。

「直樹同學的生日是八月對吧？用戶名稱的數字，我一直在想那是什麼。

naoking08**。」

聽到菊子叫我naoking，身體裡的王者偷偷笑了。

理查·布蘭森

（大學約聘講師）

昨天晚上，我才好不容易搞懂「講白了」是什麼意思。問題是，就算學會，我自己大概也不會拿來用。

每次遇到這類詞彙，都得一一上網查意思。我嘆口氣。過去學習用的教材或字典裡沒有的日語詞彙實在太多了。

更驚人的是，日語裡有很多意想不到的英日混用，把日語推向複雜奇怪的極致。最早令我困惑不已的字是「パニクる」（混亂）。

用英語Panic加上代表動詞的「する」組合成「パニクる」。按照相同文法規則產生的字還有diss加「する」組成的「ディスる」（詆毀）。不是「ディスる」，要寫成「ディスる」才行。

日語好難，學得愈多愈覺得難。

早上一醒來，對著一體成型衛浴裡的小鏡子刮鬍子，發現皺紋好像變多了。都快四十歲，變老也是自然而然的事，只是來到日本這三個月，令我皺眉的事情或許有點多。不知是否錯覺，總覺得褐金色的頭髮比以前稀疏，藍色的眼睛也沒有以前明亮了。

還在家鄉英國的時候，我常被稱讚「理查的日語說得真棒」。英國人同事就不用提了，連住在英國的日本人都這麼說。

平假名和片假名，日語有著特殊的字型設計，每一個漢字中也都蘊含深意。日語無處不充滿迷人的樂趣，我著迷地認真學習。在英國報考JLPT（日語能力檢定），也拿到最高級的N1證書。直到來日本之前，我對自己的日語一直抱持某種程度的自信。

不過，那似乎得先加上「以英國人來說」的前提。

刮完鬍子，額頭上滴落豆大的汗水。

進入六月之後，天氣變得相當悶熱。日本的濕度之高，真的把我給打敗了。我住在三層出租公寓裡的二樓，隔著屋前道路，對面蓋了一棟高樓大廈，採光非常差。

這個房間沒有安裝冷氣，不過窗戶上裝了叫做「紗窗」的好東西。這在英國很少見，我深受感動。

可惜昨晚只關著一扇紗窗睡覺，結果就被蚊子叮了。早上起來檢查，發現紗網破了一個洞，蚊子就是從那裡入侵的吧。無可奈何之下，只好先用膠布貼起來，當作緊急措施。

一早就打開的電視裡，正在播出每天早上固定收看的情報節目，正好播到氣象預報的單元。我繫好領帶，泡杯即溶咖啡。有「氣象姊姊」暱稱的KIYOTA EMIRI小姐站在氣象雲圖前，手中舉著一根棒子。

——低氣壓停滯，今天將是天氣不穩定的一天。白天能感受到陽光，傍晚開始逐漸多雲，有降雨的可能。今天外出時，請別忘了帶傘。

一如往常，她的發音清晰易懂。保持一定的語速，選擇正確的詞彙，這正是我所追求的日語。

豐盈的黑髮與洗練知性的笑容，多虧有KIYOTA EMIRI小姐，我才能安心展開一天的生活。

今年春天起，我在日本某私立大學當約聘講師，教學生英語。

通勤方面，先從離家走路五分鐘左右的公車站搭公車到電車站，再從那裡轉搭電車到距離三站的大學。

雖然並非每天第一堂都有課，我從星期一到星期五，每天都搭早上七點二十三分的公車。

像我這樣的約聘講師沒有專屬辦公室，不過，我們可以自由使用共同研究室。在那間放了五張書桌的房間裡辦公，比在公寓裡舒適多了，也備有電腦和印表機。因為位子不固定的關係，我總是一早出門，確保能夠使用最裡面那張最大的桌子。除了上課之外的時間，我都在那裡準備考題、打分數和學習日語。

走出公寓沒多久就遇到了小光小姐。她似乎剛慢跑回來。紮在腦後的長髮拉到棒球帽外，隨著腳步搖晃。

「早安，理查。」

小光小姐停下來，用掛在脖子上的毛巾擦臉。

「早安。」

房東先生家只和我住的公寓隔兩戶。小光小姐是房東先生的孫女，說是比我小十歲，所以今年應該是二十九歲。她和房東夫妻三人一起生活在有瓦片屋頂的獨棟房屋裡。

租屋這件事對身為外國人的我來說，超乎預料的不容易。原本以為只要有deposit（保證金）和必備文件就可以租到房子，只能說，抱持這種想法的我實在缺乏事前調查。

三月來到日本後，暫時住在便宜旅館，接著跑了好幾家房屋仲介公司，結果大吃一驚。原來這個時期，租屋市場上幾乎沒有空屋。房租也比想像中更高。除了相當於deposit的押金外，竟然還得支付「禮金」。和英國的租屋習慣不同，日本的租屋不附家具和廚房家電等東西，就是一間空蕩蕩的房間。即使勉強找到租金便宜的房子，房東也總沒有好臉色，只因為我是「外國人」就表示拒絕。

好不容易找到一間個人經營的房屋仲介所，上了年紀的老闆說：「佐藤先生的話，或許會答應。」打了電話給我現在的房東，我才好不容易確定落腳處。因此，即使這間有三十五年歷史的老公寓到處都有破損，屋裡狹窄得鋪了墊被就只剩下一半空間，我也沒有怨言。小光小姐事事關心我，我甚至心存感謝。

「天氣熱起來了呢，沒有冷氣，會不會熱得睡不著？」

「不會，沒關係。只是，紗窗破了個洞，我被蚊子叮了。」

我苦笑回答，小光小姐就露出同情的表情說：「啊——」

「畢竟房子破舊呀。這樣吧，我再去幫你換紗窗。愈快愈好對吧？今天我有點忙，明天去量販店買材料，後天早上怎麼樣？那天我休假，在理查出門上班前過去好不好？」

「能這樣就太好了。謝謝妳。」

小光小姐在車站前的花店工作。她很勤快，也總是面帶笑容。長著一張典型日本人的細長臉，身材瘦瘦的，但是力氣很大，讓人感覺很可靠。不但搬過十公斤的米給我，第一次見到蟑螂時，幫我擊退的人也是她。

按照小光小姐的說法，花店工作可是粗重的體力活，蟲子更是一天到晚遇見，老是大呼小叫怎麼做得下去。

「抱歉啊，就是這麼間破公寓。有什麼事儘管告訴我，別客氣。」

露出雪白的牙齒，小光小姐笑著說完就跑走了。

我朝公車站牌走去。

孤零零杵在路旁的站牌上，寫著站名「坂下」。和我一樣搭七點二十三分這班車的老面孔，已經都排在那邊了。有中年上班族、高中男生、年輕的 working woman，還有一個小學女生。大概因為剛才跟小光小姐聊了一下，今天我排最後一個。

每次開始上課，我都會先說「Good morning, everyone」，得到的卻是像鬆掉的橡皮筋一樣有氣無力的回應。古——摸寧，蜜斯特理查——

我負責教授的是經營學部和商學部的通識英語。每堂課差不多會來三十個學生。今天第一堂是開給商學部二年級的課，如果將能力分成五等級的話，屬於其中最初級的班。

這些學生毫無學習意願，第一天我就早早領悟了這一點。這裡沒有喜歡英語，充滿主動學習熱忱的學生。很多人兀自聊天，沒聊天的學生不是滑手機，就是在打瞌睡。

我開始點名。第一堂課就說過，點名時我會一一叫出每個人的名字，輪到自己時就回答「Here」。即使只是一下子，我也認為這是重要的溝通時間，學生們卻不這麼想。所有人都是一副不耐煩的樣子，用敷衍的語氣說「Here」。

點完名，將上週小考的試卷發還給學生。十題單字問題，五題日翻英，五題英翻日。

學習語言就是要practice。習題做愈多愈好，最重要的是養成習慣。因為這麼認為，所以我總是費心製作課堂上的考題，每個月舉行兩次小考。然而，學生的成績始終不見起色，光看考試成績，根本無法判斷他們能力提升到哪裡了。

「HAYATO。」

被我叫到名字的男學生站起來，嘴上有氣無力地回答「有——」。SHIROKAWA HAYATO。在這個班上，最讓我煩惱的學生就是他。染成紅褐色的頭髮像刺蝟一樣豎立，手上戴著骷髏頭造型的大戒指。

座位按照學號排列，他坐的是第二列最前排的位子。因為離講台近，總令我很有壓迫感，但也沒辦法。

改HAYATO的考卷永遠比其他學生花費更多時間。「講白了」也是從他的考卷上學到的字。

「Actually, It is very difficult problem for me.」

「事實上，對我來說這題非常難。」

教師用的說明書上，記載著英翻日的標準答案。只要大意接近就可以了。以大學生的英語課來說，這句話應該很簡單。然而，HAYATO卻在考卷上這麼寫：

「講白了就是真心不會。」

我上了好幾個網站分別查這幾個單字的意思，努力咀嚼其中含意。猶豫了很久，不知道這一題要不要算他答對。

雖然遣詞用字不夠嚴謹，意思倒也不算錯。

我沒有打勾也沒有打叉，只是把標準答案的「事實上，對我來說這題非常難」寫在旁邊。一如這句話所說。

隔天早上，抵達公車站時，還沒有半個人來。

一滴冰冷的東西落在臉頰，似乎忽然下起雨了。

KIYOTA EMIRI小姐可沒說今天會下雨。順帶一提，她昨天說「傍晚會開始下雨」也沒下。

「本週末梅雨前線北上，西日本與東日本本下週或許將進入梅雨季節。預估降雨量將比往年多。」

今天早上她這麼說。我不懂「梅雨前線」是什麼意思，就查了一下。原來是指即將帶來梅雨的鋒面。這種時候，梅雨兩字要讀成「Bai u」。原來如此，又上了一課。和查「講白了」時的心情不同，感覺通體舒暢。

英國人不太習慣撐傘。即使下雨，只要雨勢不是太大，人們多半直接淋雨。

然而，日本人好像都很討厭下雨，紛紛撐開雨傘。的確，日本和空氣乾燥的英國不同，一旦衣服被雨淋濕就不容易乾，或許是因為這樣吧。KIYOTA EMIRI小姐提到雨的時候，也多半使用負面詞彙，像是「不乾爽的天氣」、「容易發霉或食物中毒的季節」，表情也不太開心。因為看不到她的笑容，在日本我也不喜歡遇到下雨天。

雨勢愈來愈大，我沒帶傘，沒有屋簷的公車站牌下又無處可躲雨。正當我傷腦筋地低下頭時，發現站牌底座上放著某樣東西。

是一把黑色的折疊傘。上面貼著被雨淋濕的Post-it，上面寫著「失物招領」。是指有人掉了這東西吧。可是，掉了東西的人現在不在這裡。對於現在需要雨傘的我來說，拿來用應該沒問題吧。

儘管猶豫是否該盜用別人的東西，但是、不……這不是偷，只是借。事後歸還就好。

撿起雨傘，把Post-it放進手提包，為的是等拿來還的時候再貼回去。打開傘扣，正要把傘撐開時，雨又停了。

是squall嗎？還是受到「梅雨前線」的影響呢。英國沒有梅雨，我也不太清楚，只見烏雲迅速飄散，太陽再次探出頭來。

我正在收傘，就看到高中男生朝這邊走來。現在把傘放回去，似乎顯得很不自然。

戴著耳機的高中男生毫不在意淋濕的制服，排到我旁邊。我想了想，決定裝作若無其事的樣子，把傘放進提包。

提包底下，那張寫著「失物招領」的Post-it折到了。我忽然興起一個疑問。失物招領，真的是有人掉了東西的意思嗎？

「領」不就是領取的意思嗎？換句話說，說不定是等我「領取」這把傘來用的意思？

回家時我心想，等下了公車，再把傘放回原位吧。明明是這麼盤算的，我卻完全忘了這件事，帶著裝了雨傘的手提包回到公寓。

隔天早上，一陣惱人的振翅聲吵醒了我。

小小的黑影忽地飛過眼前，是蚊子。朝紗窗望去，膠布尾端掀起來了。看來，我的緊急措施做得不完全。這麼說來，脖子還真有點癢。

真是令人痛恨的蚊子，不但奪走血液，還帶來發癢的後遺症，甚至妨礙睡眠。日本治安很好，唯有遇到英國沒有的蚊子和蟑螂入侵時，教人難以忍受。

我翻身起來，雙手一拍夾死蚊子。攤開手掌一看，壓扁的黑點下滲出微量血液。打死了可恨的敵人，內心充滿成就感的同時，卻瞥見從短袖內衣伸出的手臂上，好像寫著什麼。

神明值日生

我不由得發出聲音驚嘆：

「So cool……」

好帥。令人感受到文字歷史的粗體字，字型漆黑方正，多麼美麗啊。我陶醉地凝視這五個漢字。「神明值日生」要怎麼發音，又是什麼意思呢？

話說回來，這是誰做出的事？房間裡只有我一個人，昨晚睡前房門應該有上鎖才對。是不是只關紗窗睡覺的關係，除了蚊子之外，還有誰從窗戶入侵了嗎？

正在檢查窗戶，背後突然傳來聲音，嚇得我忘了呼吸。事出突然，連對方說什麼都沒能聽清楚，我轉過頭看。

一個矮小的老人坐在棉被上。身上穿著酒紅色的運動服，笑咪咪地正坐。額頭到後腦都光溜溜的，只有臉的兩側長出棉花般蓬鬆的茂密白毛。

他是誰啊？剛才說了什麼？我只聽到第一個字的發音好像是「找」。

我猛然心驚，失物招領，他該不會就是那把傘的主人吧？昨天我把傘帶回家了，他是來拿傘的。為什麼他會知道這裡呢？剛起床腦袋還不清醒，我急忙打開手提包。

「不好意思，我把雨傘拿回來了。」

可是，雨傘不在提包裡。怎麼會這樣？

老人用對一切瞭然於心的語氣，慢條斯理地說：

「那把傘，不是我的。」

「你不是失物招領的人嗎？」

老人嘿嘿一笑，指著自己的鼻子回答：

「我？我是神明先生。」

「神……明……？」

他的名字好像叫做「神明」。我有遇過稱自己「○○醬」或「○○君」的日本小孩，這個老人或許也跟他們一樣，給自己加了「先生」的稱謂。

「你剛才說了什麼嗎？」

「我說——找到你啦，值日生！」

「值日生……」

值日……是輪值的意思啊！

我望著手臂上的字，總算搞懂了，沒記錯的話，這是指某個任務或工作輪到自己身上的意思。

話雖如此，神明先生是什麼時候進屋子裡的，我完全沒發現。簡直就跟忍者一樣。不但如此，還能在我手上寫字。安靜又敏捷，這就是大和精神嗎？

神明先生猛地歪頭。

「答應我一個要求。」

「要求？」

「我想用美好的詞彙說話。」

聽到神明先生這麼說，我不由得輕聲嘆息「Oh……」。

「我也是。」

雖然我不是很清楚，或許日本的「神明值日生」是一種由年輕人陪老人聊天的習俗也說不定。輪值期間，手上就會像這樣被寫上文字。這下我又學會一個以前不知道的日本文化了。

事前應該有通知，大概是我沒注意到吧。按照安全大國日本的慣例，這位老人肯定是跟房東先生拿鑰匙進來的。話說回來，他來得還真早。

「神明先生，非常抱歉，我等一下得出門工作。等我有時間的時候，我們再碰面好嗎？」

「不是喔，我會一直和力克在一起。答應我的要求吧，我想用美好的詞彙說話。」

神明先生露出親暱的笑容。

聽到他喊我「力克」，我很訝異。那是我小時候的綽號，在這裡沒人這樣叫我。日本的老人竟然知道力克是理查的暱稱，真開心。胸中流過一股暖意，我也微笑回應：

「一直和我在一起？那可不行，我等一下要去工作……」

「可以啦。」

神明說這話的語氣稚嫩，我看著他，總覺得自己還比較成熟。於是，我溫柔詢問：

「為什麼你會這麼想呢？」

「因為我是神明啊。」

神明先生咧嘴一笑，突然咻地變小了。

我嚇到腿軟，他就這樣變成一個問號的形狀，鑽進我左手了。

「OH MY GOD！」

忍不住驚聲尖叫。這不是什麼日本文化，是靈異現象啊。就跟妖怪或幽靈一樣。

左手臂一陣麻痺，像通電似的顫抖了一會兒後，瞬間安靜下來。我愣愣地注視手臂，嘴裡發出聲音：

「……神明……值日生……」

神明值日生。那個老人，原來真的是神。茫然失措的腦袋裡，某個角落莫名冷靜地想：

真是沒有比「OH MY GOD」更適合眼前這狀況的說法了。

跌坐在棉被上發呆，門鈴忽然響起。

門外傳來「我是小光」的聲音。來不及換衣服，只能在內褲上套上褲子，跑向玄關。門是從裡頭鎖上的。

一開門，就看到小光小姐提著紗網和工具站在那。

「我速速弄一弄喔。」

小光小姐輕快地說著，走進屋內。我急忙折起棉被，她就在移開床鋪後多出的空位鋪上報紙，接著走到窗戶邊。

「先把紗窗整個拆下來喔……咦？」

站在窗邊回頭的小光小姐，睜大眼睛看我。

「嗚哇，刺青？你這個日語阿宅終於做到這個地步啦？」

抓住我的左手，小光小姐把臉湊上來。

「不……這是……」

「這是成語嗎？什麼意思啊，神明值日生？」

連小光小姐都不知道嗎？我才想問這什麼意思呢。可是，剛才發生的事又不知如何說明才好。小光小姐放開我的手，抓著紗窗說：

「不過，以理查的職場來說，帶著這麼大片刺青去上班好像不太妙喔。喝酒聚餐的場合沒關係，上班時還是得遮起來才行。」

小光小姐取下紗窗，拿起螺絲起子，俐落地拆下紗網。

她說不需要幫忙，我就利用這段時間試著查了國語辭典。不管怎麼找，都找不到「神明值日生」是什麼意思。

接受小光小姐的建議，我穿了長袖襯衫，把手臂上的字遮起來才去上班。袖口還用袖釦牢牢固定起來。

這天下午才有課，趁著人還不多，我十一點就去了學生餐廳吃午飯。今天早上匆匆忙忙的，沒吃早餐，連 KIYOTA EMIRI 小姐的氣象預報都沒看。

我坐在旁邊放了大株觀葉植物盆栽的角落位子吃親子丼。吃到一半，男男女女五個人大搖大擺走進來，是我英語課堂上的學生。他們端著放了餐點的托盤，赫然發現 HAYATO 也在其中。一行人坐在隔著盆栽的斜對角位子，開始大聲喧譁聊天。茂密的葉子形成死角，他們似乎沒有看見我。

忽然之間，「理查」這個單字鑽進耳朵。畢竟是自己的名字，很容易聽見。

其中一個男學生這麼說，我全身僵硬。

「他上的課超無聊。」

HAYATO也大聲附和。

「去年的艾瑞克明明就好笑到爛，老是講那種美國人會講的笑話，上課都在看洋片DVD，隨便用英語寫一些心得報告就給學分了，連點名都不點。」

雖然想離席，要是現在走出去，他們就知道我都聽見了，那有多尷尬。

我繼續躲在盆栽後，握筷子的手停止動作。

「艾瑞克完全不會講日語，可是反正他教的是英語，其實沒太大關係。倒不如說他不會日語還正好呢。」

聽了HAYATO的話，另一個女生說：

「理查是加拿大人嗎？還是英國人？」

「不知，哪裡都沒差吧。」

「理查這個人太認真了，個性又不開朗。我還一直以為那邊的人都很活潑愛講笑話呢。」

那邊的人。聽到這句話，我心裡有點難過。

日本以外的地方，都被歸類為「那邊」，聽了好悲哀。

這就是我不夠好的地方嗎？換句話說，學生們想要的，是「活潑愛講笑話」的老師嗎？

值得慶幸的是，他們一下就吃完，又大聲喧譁著走出學生餐廳了。我吃下早已涼掉的親子丼，回研究室準備上下午的課。

即使被說無聊，我也只會用那種方式上課。因為，我就真的是個太認真又不開朗的男人。

是說，那是怎樣。你們對英語沒興趣就算了，連日語都講得那麼支離破碎。

上星期已經告知，這星期課堂最後要做口說測驗。我在白板上用英語寫下測驗題，跟平常使用的教科書練習題句子一模一樣。只要有按照我的指示預習，回答這題一點也不難。

「What have you eaten for breakfast this morning?」

我先唸一次，再讓所有人複誦，然後點人站起來回答。

你今天早上吃了什麼早餐？非常簡單的例句。被我點到名字的女學生一臉不悅回答「pan」。我強忍無力的心情。

「pan是日式英語。麵包的正確說法是bread。」

I have eaten bread. 我在白板上寫下這句話，女學生毫無反應。或許她根本就知道麵包應該說bread，故意那麼說，只是為了捉弄我。

懷著難受的情緒，我將句子翻成日文「我吃了麵包」，就在這時，左手擅自動了起來。

不出於我的意志，左手兀自拿起白板筆，在上面寫下一串英文字母。

What ant is the largest?

——最大的螞蟻是？

課本上沒有這樣的例句。我臉色發青，一定是神明幹的好事吧，為什麼要突然寫出這種幼稚的問題呢？

我急著想用右手擦掉它，左手卻不讓我這麼做，奮力舉起，朝學生的方向伸出手指。被扯得筆直的手指，指向HAYATO。

HAYATO皺起眉頭，「啊？」了一聲。看看課本，又看看白板，嘴裡嘟噥著說：「課本裡又沒這個，誰知道啊。」

不知道他是不懂這句英文的意思，還是不知道「最大的螞蟻」是什麼。我也不確定，只知道不管怎麼說，突然要我解釋這個問題，我也措手不及。

「Homework!（這是作業！）」

丟下這句話，我匆匆奔出教室。其實還有將近十分鐘才下課。

即使人已經跑到走廊，學生們冷淡的態度還瀰漫在空氣之中，團團環繞我的身體。我感到無地自容，也沒回研究室就直接回家了。

為什麼我總是這麼軟弱？只因為情緒太激動，居然上課上到一半就把學生丟著，自己逃離教室。

回到公寓，陷入自我厭惡之中。為了讓心情鎮定下來，我泡了即溶咖啡。這是現在唯一能撫慰自己的事。

才剛喝下第一口，左手就竄過一陣電流。趕緊把杯子放到矮桌上，以免咖啡灑出來。那個問號再次從左手掌心飛出來，變成「神明」的樣子。

這到底是、到底是怎麼回事……

我檢視手掌，掌心沒有破洞。連讓一隻蚊子飛過去的縫隙都沒有，究竟怎麼會這樣。這次，我不由得脫口而出「Amazing……」

神明雙手捧著馬克杯，啜飲一口咖啡，發出滿足的嘆息。

「我喜歡咖啡。」

溫柔說著這話的神明看上去很是悠閒，完全不像令人畏懼的存在。一個不小心，我也附和道「我也是」。這杯咖啡就獻給神明吧。

「可是神明，今天你讓我很困擾，為什麼要寫出那樣的英文問題……」

「人們老是認為，英國人都喜歡喝紅茶呢。」

答非所問。

「明明也有很多英國人，比起紅茶更愛喝咖啡啊。」

話題被他巧妙轉換，但這話說得的確沒錯。

神明靠近窗邊，隔著紗窗眺望窗外。我站到祂身邊，今天早上小光小姐幫忙換好的新紗網外，有兩隻麻雀停在欄杆扶手上。

「真想用美好的詞彙說話呀。」

神明愛憐地望著輕輕甩頭的兩隻麻雀這麼說。我也是啊，神明。比起學生對我說的那些日語，麻雀的交談要美好得多。

「光是在這裡沮喪，輪值也不會結束喔。力克。要是力克不快點用美好的詞彙說話，手臂上的字就不會消失了喔。」

神明這麼說。原來只要結束輪值，手上的字就會消失啊。虧我還挺中意這行字的呢，只是上班時非遮住不可，還是有點傷腦筋。

我問神明：

「神明跟我用美好的詞彙說話不就行了嗎？」

「麻雀真可愛哪～」

神明又在打馬虎眼。渾圓發亮的腦袋看似很開心地搖來搖去。也不知道麻雀們是用什麼方式溝通的，兩隻同時飛走了。毫不遲疑，自然融入群體中。

不經意地，神明身體再次縮小，成為一個問號。我還來不及驚呼，祂就以秒速遁入我的左手了。原本神明拿在手上的馬克杯，不知何時出現在我右手，也不知道為什麼，我嘴裡充滿咖啡淡淡的香氣。換句話說，神明體驗過的事會成為我的體驗，我的體驗也會成為神明的體驗。這下我終於明白了，我得親身去實踐神明的要求，才能滿足祂的願望。

美好的詞彙……是嗎？意思是我用的詞彙還不夠美吧。

再度往窗外望去。這麼說來，昨天晾在陽台的浴巾還沒收下。

打開紗門走到陽台，剛把浴巾收下來，就聽到樓下傳來大喊「理查——」的聲音。

小光小姐站在公寓底下，我才想起她說過今天休假。

「紗窗用起來如何？」

「太棒了，非常好。謝謝妳。」

我朝樓下道謝，小光小姐就說「嗳、今晚要不要一起吃晚餐？」邀約了我。

小光小姐帶我去的是車站附近的小餐館。她說是花店常客開的店，上禮拜才剛結束整修，重新開幕。

「想說去道賀順便吃飯，但一個人去好像有點那個。剛才從公寓前經過，正好看到理查，就約你一起啦。」

「我的榮幸。」

搭公車抵達車站前，兩人在鬧區裡走了一會兒。

時間剛過七點不久，已經有兩個穿皺巴巴西裝的男人搭著彼此的肩膀，踉踉蹌蹌走出居酒屋。看起來喝得很醉。

「啊、有老外！哈囉！」

一看到我，其中一個戴眼鏡的男人這麼說。

來日本後，這種事我經歷過好幾次。人們會突然以友善得過了頭的距離，對我說出友善得過了頭的話。相反地，也有人用毫不客氣的眼光打量我，四目交接時只要我露出微笑，對方又像看見什麼可怕東西似的立刻轉頭。

這時，我告訴自己，這種事情不算什麼，微微揚起嘴角。當然，我也沒有回應他們。

戴眼鏡的男人朝我伸長脖子。

「你懂日文嗎？你會讀漢字嗎？」

嘎哈哈哈哈。另一個胖胖的男人捧腹大笑。

這種時候，我深深體會到自己在這個國家被視為異物。強忍欲嘔的憤怒，我打定主意裝作沒看見。

「吵死了，閉嘴！」

小光小姐這麼喊叫，齜牙咧嘴地責罵那兩個男人：

「你們太沒禮貌了喔，夠了吧，別做這種丟臉的事。」

面對小光小姐的斥責，男人不但沒有退縮，反而發出低級的笑聲，揚長離去。

真是的。小光小姐氣得張牙舞爪，接著拉住我的手說：

「這邊，這邊。」

那是一棟外牆漆成黑色的和風建築。入口掛著深藍底色，以白字寫上「櫻島」的門簾。我第一次來這種店。

入口兩側放有陶器，上面堆著一座白色的小山。我覺得奇怪，就問小光小姐：

「這是什麼？」

「喔，這是鹽。」

我驚訝反問：

「鹽？salt？」

「沒錯沒錯，就是英語說salt的那個鹽。這叫『盛鹽』。」

我蹲下來，凝視那座白色的小山。為什麼呢？鹽不是調味料嗎？

「為什麼不是放在餐桌上，要放在門邊呢？」

「這是除厄用的，類似某種咒術，不能吃喔。」

除厄。我不懂這個字的意思，聽我複誦了一次，小光小姐說明給我聽。

「厄就是……這麼說吧，厄就是霉運或妖魔鬼怪等東西，所有的災禍都可以稱為厄。」

原來如此。總而言之，在這裡放鹽就表示不希望不好的東西進門吧。原來鹽有這種阻止厄運的力量啊，真有趣。

我們掀開門簾，走進店內。店主是一位中高齡女性，對我們綻放笑容。

「歡迎。」

受到她的感染，我也自然露出笑容。吧檯桌的角落，擺著放在花籃裡的插花作品。看來是重新開幕那天，小光小姐送的。

店主和小光小姐簡單打了招呼後，就將我們帶到店內的桌位。

雖然整家店不算非常寬敞，座位仍保持了舒適的空間，看得出對顧客的心意。我們相對而坐，接過店主拿來的熱毛巾。

來到日本之後，我總覺得這才是第一次在期盼許久的具有日本味的地方，受到日式的款待。我和小光小姐打開菜單，點了日本酒和幾樣菜。

話說回來，今天從早上到現在，可真是發生了好多事啊。碰杯後喝下的日本酒很快就發揮了酒力，我頭暈腦脹起來。

看到我盯著菜單上用毛筆寫的「餐點品項」等文字，小光小姐說：

「理查，你的日語真的很好。」

很久沒被人這麼發自內心稱讚，我好開心。

「謝謝妳，不過，日語真的很難。來日本之後，覺得更難了。讓我發現自己不是那麼優秀的人。」

小光小姐笑著伸手去夾章魚和小黃瓜做的涼拌菜。

「你看，連這種表現方式你都會說，真的很厲害喔。外國人學日語一定很難吧，雖然我不懂其他國家的語言，但日語應該算獨特的語言吧？」

「正因如此才有趣啊……不過，我和學生溝通不良。我的課很無聊，學生們不感興趣。他們只想聊天和滑手機。」

我把叫做「薩摩揚」的茶色食物放入口中。Q彈的魚漿裡混入了切成細條的紅蘿蔔和牛蒡，蘸薑末和醬油吃。這個很棒。

小光小姐沉默了一會兒，突然用開朗的語氣說：

「我啊，因為想不通為什麼不同國家的人講不同語言，還曾經上網查過喔。」

她的酒量好像也不是很好，臉已經紅了。

「你知道創世紀嗎？聖經裡的，不是有提到巴比倫之塔嗎？」

「對。」

巴比倫之塔。聽起來她說的應該是Tower of Babel。

「啊、理查，你是基督徒嗎？」

「不是，我是無神論者。」

說完，我又重說一次。「我曾是無神論者」。畢竟，現在我手臂裡就有個神明在。

小光小姐對我重說一次的事不是很在意，又繼續說：

「傳說地球上的人類原本都是同一種族，使用相同語言，感情融洽地交談。可是，後來人類驕傲起來，想建一座能直達天上的高塔，與神明並駕齊驅。這舉動激怒了天神，故意讓地球上的人使用不同語言，引起溝通上的混亂。語言不再相通的人們，就這樣分散世界各地了。」

她說得很快，很多地方我沒聽清楚，不過大概知道她在說什麼。

「是啊，很不得了呢。」

我這麼一回答，小光小姐就咯咯笑起來。

「不過，我覺得這或許也不錯啊。要是大家都在同一個地方，擁有同樣的思考，那也不是什麼好事。」

「不是什麼好事？」

「嗯——該怎麼說才好呢。這麼說吧。人跟人啊，就是得有哪裡不一樣才行喔。要是所有人都一樣的話，就不會有任何變化，也不會成長了。」

一口喝乾杯中的酒，小光小姐微微仰頭。

「哎呀，雖說聖經的內容對我而言跟奇幻故事差不多就是了。不曉得以進化論來說，人類最早說的一句話是什麼呢？」

人類最早說的話啊……我的思緒飛到了古代。

「我想，那一定是最想表達的話語吧。」

我想像人類說的第一句話，那會是多麼美好的詞彙呢？然而，小光小姐卻從與我完全不同的角度切入。

「對啊，我猜大概是表達拒絕或告知危險的話語。像是『討厭！』、『不要這樣』或『快逃！』」

小光小姐說每一句話時的神情都很誇大，我忍不住笑出來。

「為什麼妳會覺得那是人類最早說的話呢？」

「對啊，活在這世界上，最先感受到的都是不愉快的事啊。小嬰兒出生後，一開始也只會用哭和生氣的方式表達吧。要等到兩三個月大之後，才會出現自發性的笑容。」

原來如此。我不由得苦笑。

「我還以為人類最早說的，會是『我愛你』或『謝謝你』之類的話呢。」

「欸——那種溫柔的心情，要過很久之後才會出現啦。等狀況變好，穩定下來，這樣的話才說得出口吧？」

小光小姐先是笑一笑，又忽然換上嚴肅的表情凝視我說：

「憤怒或悲傷，這類心情最是必須好好傳達才行喔。這樣之後才會迎來笑容。」

隔週，我緊張地前往HAYATO那一班的課堂。都要怪那個「最大的螞蟻」問題，害我用那麼怪異的方式離開教室。

愈靠近教室，吵鬧的聲音就聽得愈清楚。即使在我走進教室之後，他們也完全沒有要安靜下來的意思。

「Good morning, everyone.」

古——摸寧，蜜斯特理查——。學生的回應像啪啦啪啦的小雨。

視線落在講義上，我開始說明下一個項目。

教室裡的吵鬧聲比平常還大，女學生肆無忌憚地笑，還聽得見LINE的傳訊音效聲。

都要怪我的課太無聊，沒辦法。

半邊大腦這樣告訴自己，另外半邊則愈來愈生氣。安靜點，專心上課。

「這類心情最是必須好好傳達才行喔。」小餐館裡小光小姐的聲音穿過身體的中心。

忽然，左手舉了起來。

是神明。

不知道祂想做什麼，我不可能知道那種事。

然而，我就這麼借助了神明的力量，趁著左手高舉時大喊：

「Be quiet!（安靜！）」

同時，右手握拳用力搥了搥白板。「砰！」的一聲，教室裡瞬間安靜下來。

我重新轉向學生。

「你們為什麼不學習？我們人類為了相互理解，必須學習彼此的語言。」

巴比倫之塔在抵達天上之前崩坍了。神明從此給了人類一大課題。既然我們已經不再擁有相同的言語，難道不該為了更理解對方一點而努力拉近彼此的距離嗎？

學生們沉默下來。一雙雙黑眼珠盯著我看。我心懷恐懼，別開頭。

總之，得好好重整課堂才行。視線再度落在講義上時，HAYATO發出嗤笑聲。

「幹嘛這麼熱血啊。」

我望向HAYATO，只見他身體斜靠在座位上，還蹺起腳來。

「上次的作業，仔細聽好答案嘍，蜜斯特理查。」

HAYATO拿起智慧型手機，打了幾個字。

「What ant is the largest?」

手機說出這句話。我嚇了一跳，接著又聽到手機以日語說：

「最大的螞蟻是什麼？」

那是詭異又生硬的機器人發音。我感到驚悚，什麼都說不出口。HAYATO臉上浮現淺笑，繼續說：

「再來，google『最大的螞蟻』。」

撥弄了幾下智慧型手機後，HAYATO將螢幕轉向我。一轉眼的時間，畫面上出現名為「巨人恐針蟻」的螞蟻以及相關說明，連照片都有。

「對了，還得把這個翻譯成英語對吧？上次忽然祭出這麼奇怪的問題，是為了看我出糗對不對？」

「Dinoponera gigantea.」

智慧型手機再次發出語音。

HAYATO說「對，正確答案」，接著就放下手機，重新蹺起二郎腿。

「我們就是出生在這種時代，即使不學習，只要有智慧型手機，出國也不是問題。通識課又不是專業課程，講白了，根本就不需要上英文課。」

我明明受到抨擊，心境卻莫名平靜，努力擠出聲音說：

「我……我是人，不是機器。」

HAYATO收起嘻皮笑臉的表情，我繼續說：

「我想跟日本人……想跟你們友好相處，所以才學了日語。我是一個人，擁有一顆喜愛日本的心。我是一個人……」

我盯著HAYATO看。

「我感到非常悲傷。」

教室再度陷入安靜。HAYATO緊抿雙唇，從我身上撇開視線。

我翻開講義，重新開始上課。

那天，後來就沒有人再吵鬧，度過一段平靜的授課時光。

——我在上primary school（小學）的時候，隔壁住著一對日本夫妻。先生在貿易公司工作，太太從事口譯。他們沒有生小孩。

我出生長大的地方不是倫敦那種大都市，只是個鄉下小鎮。當時，住在那裡的日本人很稀有，對我來說，他們就像童話故事裡的角色一樣神秘。

夫妻倆都很疼愛我，去他們家玩的時候，他們會用幾近母語人士水準的道地英語教我日語和日本文化。

我後來會喜歡上日語，肯定是受了他們的影響。充滿魅力的日語發音，還有直式排列的書本裡那些像圖案的文字。

八月，這對夫妻利用假期回國三週，我們一家人也跟著去日本旅行。當年我十歲。

還是個小孩的我，光是用日語說「你好」和「謝謝」，就把日本的大人逗得很樂，我自己也很高興。當時的我還完全不懂日語，不知道日本人說了什麼，只留下他們說話的聲音像小鳥啁啾一樣熱鬧的印象。日本夫妻一直陪著我們，託他們的福，上餐廳或買東西都沒有太大問題，現在回想起來，他們帶我們去的，都是一些不排斥外國人，和外國人比較沒有隔閡的地方。對我們來說，接觸到的盡是舒適愉快的人事物。

後來那對日本夫妻繼續在英國住了三年才回國，可惜的是，漸漸失去了他們的音訊。不過，長大後的我帶著當時的溫柔心境與回憶，在大學裡專攻日本文學，學習更深奧的日語。

大學畢業後，我在民間的英語學校找到工作。匯聚在那裡的學生都對學習抱持熱忱。有中國人、台灣人、韓國人，也有日本人。休息時間或下課後，我和日本學生會用簡單的日語交談。他們每一位都彬彬有禮，有時還會像當年日本夫妻那樣，送我紙折成的小紙鶴或教我日語及日本文化。

從以前我就一直希望有機會到日本工作。這雖然不是一件容易的事，前年碰巧經由認識的人得知徵人的消息。

即將邁入四十歲的年紀，曾經描繪的夢想終於能夠實現。沒想到，現在卻淪為這副慘狀。日本不是我心目中的理想國度，薪水低廉，生活艱困，和學生又處不好。嚮往日本這個國家的話，或許只要來觀光就夠了。移居之後始終無法融入這個國家，最後漸漸變得討厭日本，這種事未免太寂寞了。

大學跟我約聘的期間是一年，明年要是更新合約，就可再任教一年，但誰也無法保證是否能夠這麼順利。

或許HAYATO說得沒錯，沒必要在沒有人需要我的地方教英語。現在已經不是那樣的時代了。

可是，為什麼呢？今天的事雖然讓我大受打擊，內心深處卻有某種豁然開朗的情緒。

或許我是甘願了吧。一年期滿後，就回英國去好了。在這裡的經驗絕對不會白費。

到了晚上，傍晚下起的雨開始愈下愈大。

我關起窗戶。進入梅雨季了。梅雨季一過，夏天就要來臨。

神明從我手上鑽出來，正坐在我面前。臉上掛著慈愛的微笑，望著我說：

「你今天做得很不錯了，力克。」

沒想到祂會稱讚我，我有些吃驚。強忍湧上眼眶的熱淚，我也對神明微笑。

「那樣算好嗎，神明？」

「嗯，很酷喔。能夠好好地把內心的想法化為言語。」

這樣啊，這或許就是我感覺豁然開朗的原因，能把內心的想法坦然說出真是太好了。就算學生們背地裡批評我是個無聊傢伙，或是取笑我也沒關係。

「那麼……我這樣算使用美好詞彙說話了嗎？可以結束輪值了嗎？」

神明搖了搖頭。

「我想用美好的詞彙說話，其實你懂的，不是嗎？」

不等我回答，神明又咻地鑽進我手裡了。

隔天，一早就下起大雨。

我撐著傘走向公車站牌。今天第一個到的是高中男生，單手握著撐開的傘柄，另一隻手正在操作手機。

我排進他身邊時，手不小心沒拿穩，雨傘朝男學生的方向傾斜，水滴飛濺到他肩膀上。

「啊、非常抱歉。不要緊吧？」

聽到我道歉，男學生一時之間露出訝異的表情，立刻又鬆了一口氣似的笑起來。大概知道我會說日語，感到安心了吧。

「沒事的。」

「不好意思。」

不會不會。他一邊說著，一邊把手機收進褲袋。接著，用有點害羞的語氣跟我搭話：

「您是從哪裡來的呢？」

「英國。」

這三個月來，明明每天早上都在這裡遇見他，這還是第一次交談。手中的傘分別像是兩個小圓蓋，我們的說話聲在底下輕柔迴響。

「我沒出過國，講到英國就覺得是很時髦的地方。」

「不過，實際去了之後，或許會發現和想像不一樣，因此而失望也不一定喔。」

我這麼回答，他的表情不知為何變得有點溫柔。

「那樣也沒關係啊。面對現實，發現和原本想的不太一樣，有時意外的是一件好事喔。」

這話點醒了我。

我終於察覺，如果只是一味怨嘆現實不符理想，那才真的是最無聊的事。我為什麼就不能把弄懂那些支離破碎的口語當作一件有趣的事呢？

我頓時不知該說什麼才好，高中男生為了打破沉默，又開口說：

「雨下得好大呢。」

「……是啊，因為進入梅雨季了吧。」

「喔喔，你連梅雨都知道啊，真厲害。」

高中男生發出讚嘆的聲音，望著傘外說：

「下雨很不錯吧，雨聲令人平靜。」

沒想到他會這麼說，我忍不住問：

「日本人不是都很討厭下雨嗎？」

「也有喜歡下雨的日本人啊，還不少唷。」

他望著雨點這麼說。我站在他身邊，雨不停落下，雨聲籠罩我們。

不管是好是壞，只憑想像和印象就認定「日本人都……」的人，不正是我自己嗎？

說學生們無心上課，也是我自己的擅自斷定。點名時我只會叫名字，卻連學生的臉都不看一下，不就正好證明了這一點嗎？一味期待他們做出符合自己理想的事，自己卻從未嘗試用心交流。

「……我一直覺得自己好不容易學了日文，卻只因為是個外國人就無法獲得理解。不過，或許事實不是如此。」

我低下頭，高中男生不明就裡看著我。

「嗯？就算彼此都是日本人，還是會為了無法獲得對方理解而煩惱啊。」

雨聲中傳來活潑的笑聲。我抬起頭，看見平時一起等公車的小學女生和年輕working woman一起走來。她們轉動手中彩色的雨傘，看似熟稔地聊天。

走到公車站牌旁，小學女生對高中男生說「早安」，高中男生也回答：

「早安，妳們在聊什麼，那麼開心？」

「秘密，女生的talk嘛。」

小學女生用天真稚嫩的語氣這麼說。女生+外來語的talk。

……talk。

對了，神明說用美好的詞彙說話，這裡的「說話」指的不是speak，一定是talk。

我缺乏的不是單方面的標準答案，而是用心與人交談的言語詞彙。

從破掉的紗窗鑽進屋內的蚊子。除厄用的鹽。美味的「薩摩揚」。預報氣象的KIYOTA EMIRI小姐。教科書上找不到的一切。如果沒有來日本就不會遇見的人事物。

就算文法學得再好，會寫再艱澀的漢字，或是考取JLPT最高等級的N1證書，我想知道的事，想向人請教的事……還有想說的話，這裡都還有許多。

說自己已經甘願了，或許還太早。

抵達研究室，看到HAYATO站在門外。

心臟用力跳了一下。我停下腳步，顫抖著聲音問：

「怎麼了嗎？」

「啊、有點事……」

HAYATO欲言又止，但沒繼續往下說，只是站在原地。

研究室裡還沒有其他人來。

「請進吧。」

我帶HAYATO進入研究室，他繃著一張臉，尖起嘴巴。

或許是為了昨天的事，想來找我抱怨什麼。可是，無論聽到再過分的言語，我也已經做好心理準備，打算好好說話。

我在研究室最裡面的座位旁坐下，也要HAYATO坐在旁邊的位子，但他沒有坐，只是站在我身邊。

「那個……」

彷彿下定決心豁出去了，HAYATO猛地向我低頭。

「對不起！」

啊？我看著HAYATO的後腦勺。

「我誤會老師了。我一直擅自認定理查老師瞧不起我們。」

「瞧不起你們？為什麼，怎麼可能。」

HAYATO抬起頭，滿臉漲得通紅。

「因為您日語說得那麼厲害，就算小考時在考卷上隨便亂寫，您也會用正確的日文訂正回來。我老覺得那就像在誇耀『身為外國人的我也能寫出這麼完美的日文喔，很厲害吧？』。我們學校原本就不是分數多高的大學，我們班又是裡面程度最差的，我在班上更是個大笨蛋，所以才會故意說什麼不需要英文課……」

說到這裡，HAYATO低下頭。

「真心抱歉啦。」

我感覺全身的力量都像被抽乾。

不是「抱歉啦」，應該說「非常對不起」才正確吧，HAYATO。還有，不是「真心」，要用「真的」才對。

然而，看到他的表情我就知道，他在來這裡之前猶豫了多久，又是下了多大的決心。HAYATO那支離破碎的日語充滿誠意，深深打動我的心。

我站起來。

「謝謝你來告訴我你的心意，HAYATO。」

接著，我擁抱了他。HAYATO發出「喔嗚」的怪聲，卻沒有甩開我的手。

「那麼，讓我來告訴你那題的正確答案吧。」

放開HAYATO，我打開筆記本，拿筆寫下——

What ant is the largest?（最大的螞蟻是什麼？）那天那個問題。HAYATO複誦了一次，嗯，發音很不錯嘛。

我告訴他答案。

「Elephant。」

Elephant，答案就是大象。

這是英語系國家常見的，孩子們之間流行的腦筋急轉彎問題。答案也可以是「Giant」（巨人）。

一定是打算用這個表現「活潑愛講笑話」的形象吧，神明？

我內心暗自詢問，悄悄解開袖釦窺看，那五個字消失了。雖然有些失落，看來我已經結束輪值。

聽我說完答案，HAYATO睜大眼睛眨個不停，大聲說「欸——！」

「Elephant的ant，真的假的！明明說是螞蟻結果是大象？搞笑耶。」

「搞笑耶」應該是「真有趣」的意思吧。我辦到嘍。我得意起來，順勢瞥了HAYATO一眼說：

「螞蟻就是大象。」❺

HYATO誇張地向後仰，眼睛瞪得大大的說：

「欸、你該不會在講『謝謝』的諧音冷笑話吧？」

我點點頭，彼此相視而笑。HAYATO又說：

「總覺得，好有感喔。」

有感。又出現不懂的詞彙了，內心既興奮又期待。

請HAYATO告訴我這個詞彙的意思吧。沒錯，我想和學生們這樣「說話」。

用那些對人類來說不知道排第幾的，美好的詞彙。

---

❺這句話在日語中的發音與「謝謝」相近。

福永武志

（小公司社長）

怎麼搞的，這到底是，到底是怎麼一回事？

從剛才起，我就盯著自己的左手發愣。

竟然有這麼不可思議的事。到底怎麼會這樣，今天一大早，左手手腕到手肘處就被寫上了黑色的粗體字。

神明值日生

不管看幾次，字依然在那裡。看起來還不是手寫，是貨真價實的印刷字體。

什麼意思？這是誰幹的好事？

妻子八重子昨天就跟同學去箱根旅行了。只有我一個人在家。年過五十五歲，肩膀痠痛，老花眼愈來愈嚴重，身體確實有各種毛病，難道這也是什麼怪病嗎？還是有誰想陷害我？

我仔細回想昨天是否發生過任何異常狀況。什麼都沒有啊，一如往常，痛罵毫無作為的員工，思考如何克服眼前的經營難題，看到太太丟下勤勉工作的我，和朋友出門旅行時，稍微挖苦了幾句「社長夫人可真尊貴」之類的話。跟我平常過的日子沒兩樣。

硬要說的話，頂多能想到的只有一件事，昨天在通勤等公車的站牌底下，撿到一萬圓紙鈔。早上在那等車的人就那麼固定幾個，昨天難得我第一個到。到的時候，沒看見其他人。

站牌水泥底座上，放著一張萬圓紙鈔，上面貼著便條紙，紙上有「失物招領」幾個字。

看到那個，我就想起來了。記得以前我好像遺失過一萬圓紙鈔。沒錯沒錯，鈔票角落有點折到的感覺，說起來我似乎曾有過這麼一張萬圓紙鈔……不、我有，我就是有過。

這是我的。

我把那張紙鈔和便條紙一起塞進錢包。當時沒想到，該不會因為這件事受到詛咒了吧。

走到客廳，打開錢包確認。沒看見貼了便條紙的鈔票。

果然如此。我一定是撿了不該撿的東西，惹禍上身了。

「找到你啦，值日生！」

突如其來的聲音，使我倏地回頭。一個身穿豆沙色運動衣的糟老頭，以正坐的姿勢跪坐在沙發上。頭頂禿得一乾二淨，臉的兩邊卻冒出白花椰菜似的濃密白毛。

「你、你誰啊！」

我不由得抓緊錢包。是小偷嗎？別想從我這裡拿走一毛錢！

老頭的身高和小孩子差不多，露出人畜無害的表情。不過，就是這種教人難以捉摸的老人，才最不知道會做出什麼事。

老頭嘿嘿一笑，這麼說：

「我？我是神明大人啊。」

看吧，他們就是會正經八百地說出這種莫名其妙的話。沒有比這更噁心的事。恐懼使我臉頰抽搐，一邊靠近窗邊的電話機，一邊用盡全力放聲大喊：

「我要報警了喔！把我的一萬圓還來！那是犯罪！」

老頭嘻嘻拍手說道：

「沒錯沒錯，那是犯罪喔，阿武。」

唔。我被堵得說不出話。不、可是，那一萬圓是赤裸裸掉在那裡的啊。上面又沒有寫名字，不都說金錢是流通的嗎？還有，竟然叫我阿武，跟你很熟嗎？我叫福永武志，再不濟也是福永電工的社長。

老頭用力歪頭。

「答應我一個要求。」

「……要求？」

「我想變得了不起。」

「啥？」

「阿武，讓我變成了不起的人。」

「憑、憑什麼要我……」

老頭像是打從心底感到喜悅似的，咧嘴一笑。

「因為我是神明嘛。」

還在講這個，白痴啊。得快點趕走他才行……不、應該報警抓他，讓他好好受到懲罰。

我伸手拿起子機，正打算報警，老頭忽然蜷縮成一團，飄浮到半空中，漸漸變成一顆紅色的小球。

……火、火球？

事情過於怪異，我不由得退縮。火球咻地一聲，迅速鑽進我左手掌心。下一瞬間，手臂抖動起來。

「嗚哇啊啊啊啊！」

我一屁股跌坐在地，同時，手臂停止抖動。既不覺得燙也沒燒傷，確認這點後，雖然鬆了一口氣，腦袋還是一片混亂，無法整理事態。

那個老頭不是普通的變態，不但不是變態，連人類都不是。坐在地板上，我盯著左手臂上的字。

神明值日生。

這意思是，輪到我當神明了嗎？老頭說，他想成為了不起的人。

這樣啊，原來是這麼回事。我嘴角上揚，換句話說，輪值的這段時間，我……

我就是神。

進入七月之後，每天真的都好熱。各地已經出現不少人中暑。總覺得，氣候似乎一年比一年炎熱。

我一如往常到公司上班。西裝外套底下穿的是短袖襯衫，不過，還是先不要脫下外套好了。像水戶黃門那樣，平常裝成庶民的樣子，在劇情進入高潮時才拿出印籠，眾人見了無不降伏，就像那樣。我也要等到關鍵時刻再順勢大力脫掉外套，在大家面前露出「神明值日生」五個字。

和昨天之前的我不同，現在的我毫無所懼。畢竟不管怎麼說，我體內可是有神明存在呢。忍住大笑的衝動，我從敞開的自動門走進營業所。

福永電工位於國道沿線的住宅區。周圍沒有像樣的商店，只有零星幾棟混在民宅裡的商辦混合大樓。

創立這家承包所有水電相關工程的公司已經十五年，租下公寓一樓店面當營業所也已經十年。水電作業員五人，行政一人，加上每星期來打工三天，處理會計事務的妻子，總共八名員工。

從我家到這裡開車十五分鐘左右，但我自己沒買車。需要用車的時候，只要開公司的廂型車就好。這樣還能報公司帳。搭公車通勤對我而言是小事一樁，我就是靠這樣在私人與公司兩方面徹底節約，才能把公司擴展到今天的規模。

打算喝八重子泡好放在冰箱裡的麥茶，我走進茶水間，看見一台沒見過的咖啡機。

這時，負責行政事務的喜多川葵正好走進來。她是個一頭短髮，活力十足的二十四歲女生。我問：

「喂，怎麼會有這咖啡機？」

「喔，是咖啡機出租公司提供的。昨天社長回去之後，業者來推銷，說先讓我們免費試用一個月。客人上門的時候馬上就能端出咖啡，員工們下工回來時也有美味咖啡可以喝，應該很不錯吧。」

竟敢沒先徵詢我的同意擅自這麼做。就算免費試用，電費也要花錢啊。

「不需要這種東西，一個月期滿之後絕對要還回去喔，絕對！」

喜多川露出明顯不悅的表情，閉上嘴巴。然而下一秒，她就像按下什麼開關似的，換上開朗的聲音回答「是——」。搞什麼，一定是左耳進右耳出。

端著裝了麥茶的杯子走回辦公桌，看到公司裡最年輕，今年才二十一歲的原岡托著下巴，閉著眼睛。這傢伙平常沉默寡言，看似乖順，居然膽大包天到在我面前打瞌睡。

「喂，原岡，一大早就在睡午覺啊！」

原岡嚇了一跳，肩膀一震，整個人跳起來，結結巴巴回答：

「因、因為……那個……從昨天就……」

「太小聲！誰聽得到你說什麼。夠了！」

「……不好意思。」

真是的，年紀輕輕就這麼軟弱是要怎麼辦。

「原岡身體不舒服啊，昨天那麼熱，看他的臉就該知道了吧？」

耳邊傳來挑釁的聲音。是長瀨。這傢伙四十歲，確實很有工作能力，但也是最不好應付的員工。他原本是專門在鷹架高處施工的建築工，五年前轉換職場來到我們公司。明明是我從零開始，手把手教會他水電工程的訣竅，現在他卻一副自己本來就實力堅強的樣子，老是說些自以為是的話，究竟把我當成什麼人了？

像原岡那樣不中用的員工固然困擾，這種不服上司的傢伙更讓人生氣。

其他三個作業員也差不多。不是經驗不足就是上了年紀，要不是我秉持善意錄用他們，他們哪有工作可做，偏偏誰都不懂得對我表示一點敬意。

「健康管理也是工作的一部分，這就證明了他太鬆散。」

我還沒說完，長瀨就踢開椅子起身。怎、怎樣？可以用這種忤逆的態度對我嗎？可惡，給我記住，下次扣你獎金。

自動門打了開。

「哎呀，不好意思，借個廁所唷。」

……又來一個惹我生氣的傢伙。

上個月起，這個老太婆總是兩手空空晃過來借廁所。臉皮有夠厚，水和衛生紙不用錢嗎？

第一次來的時候我不在，是八重子答應她借用，還說「隨時都可以來」，搞得這老太婆愈來愈不客氣。長瀨問過她一次「是不是家裡的廁所壞了」，她只笑著說「沒有壞」就回去了。簡直是個謎。

「老太太一定是獨居寂寞啦，我們營業所店面是玻璃落地窗，裡面看得很清楚，她是拿借廁所當藉口，想來人多的地方而已。體諒一下人家的心情嘛，借個廁所有什麼關係。」

八重子在大家面前訓我，我什麼話都無法回嘴。老太太好像就住在附近，要是能介紹闊氣的客戶就算了，目前看起來也沒這跡象。

喝完麥茶，想叫喜多川再倒一杯給我，她卻正在電話中。沒辦法，只好自己走向茶水間，打開冰箱後，左手擅自動起來。

「……啊？」

左手拿出一個新的塑膠杯，倒進麥茶。接著，又把我拉到廁所前面。正當我一頭霧水時，老太太出來了。

彷彿在說「請喝」似的，左手將裝了麥茶的杯子遞給老太太。她只露出一瞬訝異的表情就笑開了臉。

「哎呀，好高興喔！正好口渴了呀。」

她這麼一說我才明白，對了，左手做的這些是神明擅自而為的舉動。

怎麼樣，大家看到了嗎？看到我對老人家的慈悲為懷，該稍微尊敬我一點了吧。

回頭一看，眾人都在忙自己手邊的工作，誰也沒注意到神的偉大行為。

這天下午有「社長研習會」，我為了參加這個前往鬧區。

這是兩個月定期舉行一次的研習會，差不多三年前開始，只要行程配合得來，我就會去參加。各行各業的社長集結於此，對交換情報和建立人脈很有幫助。

主辦單位是全國最大的電器製造商「日比谷電子」，參加者卻沒有行業限制，各個領域的社長都有。唯一的條件就是公司社長，無論是大企業還是小公司，社長研習會對來參加的社長一視同仁，在這裡大家都是企業最高領導人。

走向報到櫃檯，一如往常領到一個空的名牌夾。只要把名片放進去，就能當作名牌。

最近科技業及新創企業的創業人士愈來愈多，年齡層也愈來愈年輕。也有才二十歲的年輕人，一臉稚氣未脫炫耀「我公司有五十名員工」。不知道他開的是哪種公司，聽完說明還是不太懂。

今天的研習會，先由一位網購公司的社長來上課，之後就進入慣例的交流會了。會場備有飲料，可以自由交換名片與交談。

每次來這裡，我都忍不住畏縮。只要一發現會場裡有氣派的同行，我就會悄悄藏起名牌，離開會場。

這時，一位年紀相仿的男性找我搭話。從名牌看來，對方是一位餐廳經營者。我放心地堆起笑容，認識餐廳經營者不是一件壞事。我們交換名片，我按照慣例說：「所有水電相關工程，我們都有承接，有需要的話請別客氣。」

「原來您經營的是電器工程公司啊，那這週末的演講，您一定很期待吧？」

餐廳經營者說。

「演講？」

「咦？您不知道嗎？日比谷電子社長的演講喔。」

我不知道。大概是在我沒參加的例會上宣布的吧。他當場打開手機，出示相關網頁給我看。企劃演講的單位跟今天的社長研習會不同，誰都可以申請參加。

擁有三十萬名員工，世界知名的日比谷電子社長——日比谷德治，六十二歲。白手起家的他，靠自己一手建立起今天的事業，真的非常厲害。他很少公開露面，能去聽他本人演講，這機會可難得了。我也確實很想去聽聽他的經營策略。

「去跟櫃檯確認看看，就知道還有沒有名額了。」

餐廳經營者微笑說完這句，若無其事從我身旁走開。我們明明還沒怎麼說上話，大概聽到福永電工這間無名公司的名字，他就做出沒必要深交的判斷了吧。

不過，託他的福，我獲得不錯的資訊。按照對方所說，我走向櫃檯，確認還來得及報名，這才心滿意足地離開會場。

通往電梯的走廊上，我停下腳步，望向窗外。這裡是二十五樓，從這裡看下去，視野裡是一片密密麻麻的高樓大廈。

三年前，我就決定不再穿上工作服了。

儘管員工來來去去，我認為第一線的作業員已經足以應付公司的業務。沒有學歷也沒有錢的我，能把公司擴展到現在的地步，付出了非常人所能及的辛勞。已經夠了吧。

今後，我只要穿西裝。遠離油膩與汗水，只要動頭腦，指使別人去做，把公司做大就好。我要每個人都帶著稱讚與欣羨的眼神，仰望站在別人頭上，成為有錢人的我。

我想見識從高處俯瞰的景色。

透過擦得晶亮的玻璃窗，我俯瞰眼前宛如精巧玩具的廣大世界。

回家路上，八重子傳訊來說「買牛奶回來」，我只好繞去便利商店。

真是的，明明是八重子自己忘了買，為什麼我非得幫忙跑腿不可。

好幾種牛奶排放在狹窄的架上，記得家裡都是買這種紅色包裝的。我拿起一盒牛奶，走向結帳櫃檯。

看似大學生的男店員負責結帳。另一個年輕女店員站在我後方的冷凍櫃旁，正在為冰淇淋補貨。

「一百八。」

店員這麼說，我從手提包裡拿出錢包，取出兩枚百圓硬幣，放在櫃檯上。

就在這時，左手又擅自動起來，從錢包裡抽出兩張萬圓鈔票。搞、搞什麼，你想幹嘛？

左手持著萬圓鈔伸向櫃檯旁。我感覺像全身血液被抽乾。

喂、喂，不會吧。住手，不要啊！

神明似乎完全操縱了我的身體，手腳不聽使喚。心中大喊「誰來阻止祂啊」也是徒勞無功，兩張萬圓鈔票就這樣被塞進寫有「愛心募款」的小壓克力箱中。

男店員張口結舌。事到如今也不好要人家還我了，只能強忍淚水，依依不捨望著募款箱裡的鈔票。

「這是找您的零錢……十九圓……」

依然錯愕的店員把零錢遞給我。我本想收下，這次左手朝店員大大比了個「五」的手勢，意思是「STOP」吧。

我無法接受，但是身體既然被操控了，也只能無奈放棄。

「……這些也一起放進募款箱吧。」

接過裝有牛奶的白色塑膠袋，我轉身離去。

走出自動門時，聽見背後女店員的喳呼聲。她好像對男店員說了什麼。

「剛那是怎樣？那個大叔是神喔？」

從八重子手中接過牛奶錢的一百八十一圓，我滿心憤慨。

這樣才不夠呢，還得加上兩萬。不、正確來說，是兩萬零十九圓。算個整數，這盒牛奶要價兩萬兩百圓。

我決定對八重子說真話。

「聽我說，八重子。」

「嗯？」

我捲起襯衫袖子，讓她看「神明值日生」的字樣。

「這啥？」

與其說驚訝，八重子露出更多疑惑的表情，朝我手臂探頭。

「昨天，神明跑進我左手了。」

「是喔——」

「然後現在，左手會擅自行動。剛才祂就在便利商店投了兩萬進募款箱。所以，這盒牛奶的錢，還得再補我兩萬。」

「啊哈哈哈哈，這樣喔。」

……是我講得太省略了嗎？不、或許是對象的問題。水戶黃門的印籠，對我這囂張的太太沒什麼用。

「沒想到你這種地方還挺俏皮的嘛。直說零用錢不夠用不就好了嗎？」

說著，八重子從自己錢包抽出一萬圓鈔票遞給我。她不相信我說的話，讓我有點失望，但是有錢堪拿直須拿，我就收下了。

懷著憂鬱的心情吃完晚餐，八重子哼著歌走進浴室後，我自己躺在客廳沙發上嘆氣。

到底想怎樣？原本以為神在我身體裡，什麼事都能稱心如意了，沒想到不但不如己意，還落得身無分文的下場。

左手忽然像活魚一樣跳動，我嚇得從沙發上起身，左手掌心飛出一顆小火球，轉眼變成那個小老頭。

「出……出來了，你這個瘟神！」

我模仿拳擊手舉起雙拳做出威嚇姿勢。老頭對我視若無睹，直接光腳走進廚房，掀起瓦斯爐上的鍋蓋。鍋裡是晚餐吃剩的筑前煮，老頭捻起一片蓮藕放入口中，啊嗙啊嗙咀嚼。

「我喜歡八重子。」

你、你說什麼？你想對八重子怎樣！

「八重子總是那麼穩重，不會為一點小事大驚小怪，很可靠呢。沒有八重子的話，我就會害怕得什麼都做不好。」

在說什麼啊，這個老頭子。我加強語氣：

「喂、老頭，你不是說自己是神嗎？還說想變得了不起，所以才跑進我身體裡的不是嗎？應該是你要想辦法讓我變得了不起才對吧？」

「好好吃喔，八重子做的菜。這燉菜燉得口感適中，又很入味，真是絕妙好滋味。」

「你有在聽嗎？喂！」

「阿武，你不是值日生嗎？要讓我變得了不起，必須要阿武自己先變成了不起的人才行喔。否則輪值不會結束，字也不會消失喔。」

老頭再度蜷成一團，變成了火球，鑽進我的左手。別這樣，不要這樣……！

無論我多麼拚死抵抗，也抵擋不了神明的力量。

隔天早上，我到營業所時，公司裡一個作業員也沒有。

只有喜多川葵坐在辦公桌旁，一臉不知所措。

「大家都怎麼了？」

「我也不知道，沒半個人聯絡說要請假啊。」

……罷工嗎？

哼。要罷工就罷工試試看啊。反正你們自己一定會先受不了，也不想想，你們這群人根本沒地方可去。

儘管這麼想，還是有些忐忑不安。十點一到，八重子也來了。今天是她出勤的日子。

「哎呀，今天還這麼早，大家就都去上工了嗎？公司要賺大錢嘍。」狀況外的八重子笑著入座，電話鈴聲響起。

我先是嚇了一跳，立刻轉為期待。說不定是原岡打來說「不好意思睡過頭了」。

喜多川接起電話，只聽見她語帶疑惑地應答了一會兒後，按下保留鍵，鐵青著臉轉頭對我說：

「社長，那個……是辭職代理公司打來的……」

辭職代理公司。

乍聽之下，完全沒聽懂什麼意思。終於察覺「辭職」就是那個辭職時，只覺眼前一片漆黑。

顫抖的手拿起話筒，另一頭傳來沒有抑揚頓挫的女人聲音。

「這裡是辭職代理中心Next Do。原任職於貴公司的長瀨先生、原岡先生、津守先生、寺野先生和白川先生五位，委託本公司透過電話表達辭職意願。今後所有聯絡，請經由本中心進行。」

對方語氣堅定，沒有一絲打斷的餘地。我慌了手腳。

「等、等一下！讓我跟他們說。」

「沒有辦法，所有聯絡請透過本中心進行。」

「這樣太趕了，要辭職就辭職，至少該把手續辦好！」

「健保證等文件，會由當事人各自郵寄回去。離職單等各式文件，只要貴公司寄過來，當事人就會填寫好後寄回。」

怎麼這樣、怎麼這樣、哪有這種事、哪有這種事？

「那麼，妳能不能去幫忙說服他們。我或許嚴格了點，這點我道歉。可是，那也都是為了公司和員工著想啊。我會幫他們加一點薪水，好嗎？拜託了。」

「五位先生辭職的心意已決，敝中心也已經收了他們的委託費，無法違約。」

冰水一般冷淡的聲音。

我無言以對，女人像按照說明手冊朗讀……實際上應該也是吧……冷淡地繼續：

「稍後，會將我方聯絡方式傳真過去。關於這件事的所有聯繫，請透過傳真進行。」

電話掛掉了。

耳邊只剩下「嘟、嘟、嘟」的滑稽機械聲。我就這麼握著話筒，呆滯了好一段時間。

眼前一片漆黑後，腦中跟著變得一片空白。

相較於不知如何是好，呆坐在位子上的我，喜多川和八重子已經討論起各種解決方法，不時操作電腦或四處打電話聯絡了。

現在是七月，正是冷氣安裝與修理、清潔需求最多的時期。所有作業員都不在了，已經接到的訂單該怎麼處理呢……喜多川代替我想到這一點，著手清查起來。

公司網站上，今天之後的所有訂單資料都被刪除了。應該說，原本接到的都是障眼法的假訂單。早知道就不該把事情都交給擅長拉業務的長瀨和電腦能力很強的寺野。

「可是，不是還有打電話或寫信來預約的訂單嗎？小葵，妳不是也接了幾通？那些全部都回絕了嗎？」

八重子這麼問。喜多川露出難以啟齒的模樣，指著電腦螢幕：

「請看這個……」

——與水電相關的事全都可以委託！交給我們就對了。

電器小子有限公司

那是一間電器工程公司的官方網頁。畫面中央，身穿工作服的男人們面帶笑容。

我坐在喜多川位子上，臉湊向那些卯足了勁拍下的照片。

長瀨、原岡、津守、寺野、白川。是那幾個傢伙。他們或勾肩搭背，或比出勝利手勢，一副很開心的樣子。就連原岡臉上都掛著從沒見過的開朗笑容。統一樣式的工作服是清爽的深藍色，和福永電工的黯淡灰色工作服相比，看上去年輕活潑多了。

打開公司簡介頁面，上面寫的創辦日期正是今天，代表董事是長瀨。喜多川說，她抱著猜測的心情上網搜尋長瀨的名字，就找到了這個網站。

「雖然不願這麼想……長瀨哥他們大概從很久以前就計畫自行創業，早就偷偷把今天之後的訂單都轉移過去了。」

喜多川這麼說完，抿緊嘴唇。

「嗯……我想也是……」

「那不是違法的嗎？這是犯罪吧！把原本委託福永電工的工作搶走，還用這種方式，太卑鄙了！告他們吧！」

「不……算了。」

我沒想到自己會受到這麼大的打擊，連一點戰鬥力都不剩了。

「不管怎麼說，那幾個傢伙一口氣離開的話，就算接下這些訂單，我們也消化不了。」

你到底想怎樣啊，老頭？我看你不是瘟神，應該是窮神吧。這下豈不是離「成為了不起的人」這條路愈來愈遠了嗎？

我還坐在喜多川位子上發呆，就聽見電腦傳出收到信件的提示音。是福永電工官方網頁收到的施工委託申請。喜多川說：

「暫時是不是都無法接下這類委託了？我看這位客人先婉拒，申請表單也先關閉吧？」

忽然，左手動了起來。啊啊啊，又來了嗎？

左手交替使用滑鼠和鍵盤，瞬間完成了接下這筆委託的操作。委託人是一位新客戶，希望後天下午兩點可以過去換客廳的冷氣。申請表單上，顯示出「已接受委託」的符號。

怎麼辦。作業員已經一個也不留了，誰能去施工？

「……只有我了吧。」

我自言自語，大聲嘆氣。

自動門打了開，以為是那幾個傢伙回來了，轉頭一看，是平常那個老太太，正笑著說：「不好意思耶，借一下廁所喔。」

無論多麼痛苦，早晨還是會來臨。

我一如往常地，走向通勤時等車的公車站牌。

非思考不可的事堆積如山。儘管公司還不到賠錢的地步，但也沒有繼續燒錢的餘裕了。當務之急是找新員工，想辦法維持經營……

可是，我對刊登新的徵人啟事充滿不安。

好不容易找到人，花費時間心力教會對方工作後，會不會再次遭到背叛？這麼一想，就不知道到底該相信誰才好。

費盡千辛萬苦走到今天，終於可以換掉工作服，穿西裝工作了。我可是社長，員工遵從我的命令不是天經地義的事嗎？站在別人頭上，朝更高的位置邁進，這有什麼不對？我從來沒有靠別人，全靠自己拚命努力才有今天的啊。

公車站牌下，站著一如往常的熟面孔。高中男學生、粉領族、小學女生、外國男人。最近大家感情莫名融洽，等公車的時候，不但會打招呼，甚至還聊起天來。只有我無法打入圈子，感覺很不舒坦。

外國男人排在隊伍最末端，我走到他身邊排隊等車來。大家開心地閒聊，我有一種被排擠的感覺。在公司常有這種事，沒想到連這裡也一樣。只有我被排除在外。其實只要有人主動跟我講話，我也是願意回話的啊。

算了，自己妥協吧。偶爾由我主動開口也不錯。

「好熱喔。」

然而，誰也沒看我一眼，繼續聊他們的。

當作沒看見我是嗎？沒聽見我說的話嗎？還是以為我在自言自語？

不，他們一定是沒把我放在眼裡。

「……喂。」

我大叫一聲，四人停止交談，轉頭看我。

蟬叫個不停，在一陣無處宣洩的焦躁與暑氣的推波助瀾下，我任憑怒氣驅使，決定跟他們槓上了。

「別當我是空氣！你們以為我是誰啊，給我放尊重一點！」

這次水戶黃門真的要出場了。這些傢伙還不快點降伏。我丟開手提包，猛地脫下外套。看清楚！這隻左手臂！

「我就是神啦！」

三秒的沉默過後。

眼前的四個人全部露出驚愕的表情。高中生睜圓雙眼，粉領族雙手捧頰，小學生張大嘴巴，外國男人當場定格。

怎麼樣，怕了吧？

沒想到下個瞬間，他們「哇」地騷動起來。

「不會吧！」「真的假的？」「好有感喔～」「好好喔……」「原來現在跑到大叔那裡去啦？」「咦？祂也去過大姊姊妳那邊嗎？」「欸？也去了千帆那裡？」「哇——還以為只有我咧。」「太美妙了，wonderful！」

這、這些傢伙現在是怎樣？吱吱喳喳的聊了一陣之後，居然更有向心力了。

「吵死了，吵死了吵死了吵死了！」

我雙腳跺地耍賴。有什麼好笑的。為什麼只有我總是被排擠在小圈圈之外，太慘了吧。

「啊、公車來了。」

小學生指向坡道的另一端。公車開過來，停在我們面前。車門「噗咻」打開，眾人鑽上車，不知為何好像很興奮。

走在我前面的外國人笑咪咪地說：

「生完氣之後，要說很多話，常常一起歡笑喔。和大家一起。」

這天一整天都筋疲力盡，提不起勁做任何事。

喜多川一下變更申請表單，一下整理收據。儘管明天要去安裝冷氣的事暫且由我去進行，今後還是決定暫時停止接單了。有客戶打來詢問時，喜多川也含混帶過，只說目前無法判斷何時恢復接單。空蕩蕩的營業所裡，只有苦澀的聲音迴盪。

雖說今天本來就不是八重子出勤的日子，她卻說已經預約了美容院，早上一如往常目送我出家門，不跟我一起來公司。什麼美容院啊，公司面臨這麼大的危機耶。儘管這麼想，看到一點也不沮喪的妻子，確實感覺自己獲得救贖。

「正是這種時候才要好好打點儀容啊，把自己弄漂亮一點，才會有幹勁。」

幹勁啊……有了幹勁又能怎樣？

去揪出那幾個傢伙，要他們下跪道歉嗎……

不、那種事就算想做也做不到，只能在自己腦中幻想而已。既然如此，還是我去下跪道歉？拋棄自尊，去求他們回來。

……我累了。

靠在椅背上閉目養神時，忽然聞到一陣好聞的香氣。

「請喝。」

睜眼一看，喜多川就站在旁邊，正把裝在白色塑膠杯裡的熱咖啡放到我桌上。是用那台出租咖啡機煮的吧。

「……嗯。」

我喝口咖啡，真美味。有一種重回人世間的感覺。

已經六點了。喜多川關掉電腦，開始收拾準備回家。這時，她忽然轉頭問我：

「社長。」

「啊？」

「今晚要不要跟我去脫衣舞秀場？」

「……啊啊？」

我皺起眉頭。

「不要講那種不好笑的笑話，都什麼時候了。」

喜多川一臉正經回答：

「不是開玩笑的喔，我有時候會去。很能振奮精神的。」

「妳自己去吧，我對那種事沒興趣。」

話才剛說完，左手就擅自動起來。老頭，這次又想幹嘛了？心知阻止不了祂，我也就放棄，隨祂去了。於是，左手點開手機，迅速寫起給八重子的訊息。

今晚我跟喜多川有事去辦，會晚點回家，不用幫我留飯。

原來祂想去啊，去看脫衣舞秀。真是的，隨你高興啦。

正想按下送信鍵，手指忽然停下來，又多追加了一行字。

八重子，我愛妳

「喂！」

我發出幾近哀號的聲音，左手已經按下傳送鍵了。

我趴在辦公桌上，不知如何是好。不趕快變成了不起的人結束輪值，我的人生會被那老頭搞得亂七八糟。

手機立刻發出收到回訊的提示音，八重子回覆了。我戰戰兢兢地打開來看。

兩情相悅呢

「……這個笨蛋。」

儘管這麼說，嘴角卻上揚了。喝光咖啡，我叫住正要離開營業所的喜多川。

喜多川帶我去的脫衣舞秀場，在搭電車三十分鐘左右的地方。我第一次來這一站，出站之後，我們走進舊市街的鬧區。

一棟老舊商辦混合大樓入口，豎立著一塊寫有「大和舞台」的LED電子招牌。這是我第一次到脫衣舞秀場，帶點緊張的心情踏上通往二樓的階梯。二樓有售票機，一般觀眾五千，女性觀眾三千，也有銀髮族與學生票。

其實已有預感祂會這麼做，左手果然擅自掏出鈔票放進售票機，按下「女性觀眾」的按鈕。把票交給喜多川，她嚇了一跳說：「賺到！謝謝老闆！」開心得蹦蹦跳跳。連我自己的票，加起來花了八千。這筆預期之外的花費雖然肉痛，看到喜多川的笑容，我也滿高興的啦。

推開黑色的內門走入秀場。按照喜多川在電車裡的說明，這裡從早到晚共有四個場次，每一場次都由相同的五位舞孃各自擁有一段獨舞時間，輪流上場跳舞。喜多川說她是其中一位舞孃「愛和寧寧」的粉絲。我們買的是今天第四場的票，進去時剛好開場。

有一條細長的花道從舞台延伸出來，周圍放置椅子，將花道包圍起來。算算觀眾席的位子，頂多六、七十個。

「太好了，有趕上。」

喜多川發現最前排還有兩個空位，就拉著我過去坐。硬硬的椅子上放了薄薄的座墊，我們並肩坐下，舞台就在正前方。場內燈光轉暗，場內廣播響起：

「本日第四場秀，第一位上場的是愛和寧寧小姐，今天要表演的曲目是〈橡果與山貓〉。」

哇，今天是宮澤賢治啊。喜多川低聲這麼說。脫衣舞孃跳宮澤賢治？我聽得一頭霧水。沒記錯的話，〈橡果與山貓〉是在講一個少年接受山貓邀請，前往森林裡為橡果當裁判的故事。

燈光打下，舞台正中央站著一個身穿白T恤與短褲的女人。五官端正，背脊挺得很直。光看外表完全無法推測她的年紀，看上去既年輕，又很有資深的派頭。她就是愛和寧寧嗎？頭髮緊緊紮起，或許是為了扮演「少年」。手上拿著一張明信片，搭配童謠般活潑的樂曲，愛和寧寧高舉明信片，一臉欣喜地轉圈跳舞。

「是山貓寄來的邀請函！」

留下這句天真無邪的話，寧寧退到舞台後方，只有音樂繼續流瀉。

「……這個，是脫衣舞？」

我偷偷問喜多川，她抿嘴一笑。

「總之，請看下去就對了。」

音樂突然轉變，黃色與綠色的燈光交錯，舞台後方的鏡球開始旋轉。

這時，舞台上驀地出現一隻貓。

不、應該說是扮成貓的愛和寧寧。頭上戴著貓耳，身穿黑色和服，上面再罩一件黃色「陣羽織」。竟然能在這麼短的時間內換裝。

配合高潮迭起的曲調，她像隻真正的貓似的輕柔扭動肢體。

接著，目光停留在喜多川身上，舉起一隻手，有如招財貓般做出歡迎的動作。隨後，與坐在喜多川身邊的我四目交接，愛和寧寧微微一笑，轉一圈後朝我伸出手。

基於條件反射，我也不假思索地伸出手，她便將某個硬硬的顆粒狀東西交到我手上。

表面富有光澤，是橡果。

寧寧利用每一寸舞台空間展現舞藝，將橡果發給所有伸手可及的觀眾。幾乎所有觀眾都是上了年紀的男人，每個人卻都像幼稚園童一樣，露出稚嫩的表情，從寧寧手中接過橡果。

音樂戛然停止，寧寧站在花道最前端喊叫：

「最了不起的人是誰？」

我內心大受衝擊，彷彿被人敲進一根木楔。

總覺得，這句話是衝著我問的，最了不起的人，是誰？

接下來，響起一段宛如讚美詩的莊嚴旋律。寧寧坐在舞台上，大張雙腿，解開一頭長髮，敞開的胸口隱約露出白皙乳房。

再來就是一場滿足感官的脫衣舞秀了。強而有力的舞蹈中，瀰漫一股豐盈的性感女人香。也不知她算計到哪個程度，只見汗水沿著身體曲線下滑，更使她平添一股冶豔。一件又一件，慢慢脫下身上衣物挑逗觀眾，有時又大膽地掀開和服內襯。最後，寧寧褪去所有衣物，暴露出美麗結實的肉體。

離開舞台前，寧寧朝某個遠處放聲說：

「最不偉大的，最笨的，最胡攪蠻纏的，最不像樣的，腦袋最差的傢伙，就是最了不起的人。」

燈光啪地暗下。

黑暗中，我為自己也難以形容的感動而顫抖。這麼說起來，〈橡果與山貓〉的確是這樣的故事。橡果們爭論誰才是其中最了不起的一個，獲得少年在耳邊對自己開釋的山貓，最後喊的就是這句話。

這句話真正的涵義，老實說太深奧了，我無法理解。可是，我總覺得今天一定有什麼原因，我才會被帶到這裡來。一邊這麼想，一邊捏了捏手中硬硬的小橡果。

每一位舞孃跳完後，都會安排一段和觀眾個別拍照的攝影時間。在喜多川慫恿下，我也上前排隊。愛和寧寧親切地和每一位觀眾說話。輪到我的時候，她喊著「小葵！」露出親人的笑容。

「今天把我們公司社長也帶來了。」

喜多川這麼一說，寧寧就笑開了臉說：

「哎呀，那這位就是福氣氣嘍？」

福氣氣？什麼跟什麼啊。

喜多川急忙豎起手指放在嘴邊說「噓！」但又立刻改口笑著說：「也罷，沒關係啦。對，他就是福氣氣。」

喜多川將一張千圓鈔票交給寧寧，寧寧一邊收下一邊說「兩張才對喔」，然後站在我和喜多川中間，擺好拍照姿勢。在寧寧的拜託下，排我們後面的觀眾用數位相機幫我們拍照。

拍完兩張照片後，寧寧說：

「不嫌棄的話，等一下到酒吧來啊。我做了好吃的馬鈴薯燉肉喔。」

「馬鈴薯燉肉？」

我聽得傻眼，還愣在那裡，寧寧已經跟下一組觀眾聊起來了。我和喜多川一起回到座位上。

鬧哄哄的秀場內，不時可見女性觀眾的身影。我問喜多川：

「女人來看女人的裸體，是什麼樣的心情啊？」

嗯——喜多川搖搖頭說：

「鑑賞的方式，每個人都不一樣就是了。以我為例，與其說來看裸體，或許可以說是來看舞者獨特的『脫衣』藝術。一個女人手無寸鐵，只靠自己的身體當武器，站在舞台上那閃閃發光的模樣，深深感動了我。」

只靠自己的身體。

聽了這句話，我赫然明白了什麼，再朝寧寧看了一眼。和站在舞台時不一樣，現在的她表情溫柔，和觀眾臉貼臉拍照。

「每當來看脫衣舞秀的日子，回家洗澡前，我都會仔細觀察自己身體的每一個地方，覺得好愛自己的身體。衣服的話，要穿什麼都可以，身體卻只有這一個。看脫衣舞秀，也會讓我思考起這樣的事喔。」

聽喜多川這麼一說，我低頭看了看自己身上的西裝。稍微思考了一下這套衣服底下自己的身體。

排隊拍照的觀眾都拍完後，寧寧向大家揮揮手，退到舞台後方去了。不一會兒，輪到下一位舞孃上台。

這次的表演使用了早期的流行歌，一個長得像偶像明星的年輕舞孃跑上台。她穿著有許多花邊的衣服搖擺腰肢，對觀眾席拋飛吻。和剛才愛和寧寧的演出不同，很快就進入裸露階段了。看起來，她的演出內容，是一個追尋與過往戀人回憶的原創故事。

這位舞孃表演結束，開始和觀眾合照時，我佩服地說：

「不同舞孃的演出也大不相同呢。我原本以為脫衣舞是更色情的東西，原來都有完整的創作，好厲害喔。」

喜多川整張臉都亮了起來，熱切地向前探身說：

「就是說啊！舞孃都有她們各自的世界觀，每次演出也都會有不同變化，即使看的是同樣的曲目，因為都是現場演出，每次都有不一樣的亮點呢。社長能明白這個真是太好了，我好高興！」

喜多川開心地擺動雙腿。

「寧寧姊的表演又更獨特了一點喔。寧寧姊啊，是個看過很多書的閱讀家。她經常拿小說來設計曲目，我有時看完表演會再去找書來讀，才發現原來寧寧姊是這樣詮釋書中內容的啊，那又是另一種樂趣。」

說到這裡，喜多川起身說：「請等一下喔。」

還以為她要去上廁所，不料很快又回來，揹起自己的包包。

「我們去酒吧吧。寧寧姊已經在顧吧檯了。」

說著，喜多川指給我看。觀眾席後方有一扇上半部鑲嵌玻璃的門，那後面似乎就是酒吧了。

我跟著喜多川走過去，原來門後有一間超乎我預期的「店」。吧檯後方設置了廣角電視，還擺了一個寫有酒名與菜單的小黑板。吧檯前等間隔排放的高腳椅上，已經先有三個分開坐的來客。

「歡迎光臨。」

愛和寧寧就在吧檯內側。不知是否先去沖了澡，現在的她一臉清爽的表情，化著健康的淡妝。身上穿的是線條簡單的水藍色T恤，圍著一條紅色圍裙。

對照剛才在舞台上活色生香跳舞的模樣或下台後盛情應對觀眾的討喜笑臉，現在的她簡直又像成了另外一個人。

「快坐下、快坐下。噯，D先生，這位是福氣氣。」

在寧寧的帶領下，我和喜多川並肩坐上高腳椅。和我之間隔著一張空椅子的另一頭，是一位頭戴藍色棒球帽的中高齡男性。

「我是D，請多指教。」

仔細一瞧，棒球帽中央有職棒中日龍隊的標誌。Dragons的D，原來D先生的稱號是這樣來的啊。

「敝姓福永，經營一間電器工程公司。」

「喔喔，是社長先生呀。初次見面，你好。」

這個人稱D先生的男人露出溫厚的笑容。寧寧豪邁地說：

「福氣氣可以喝酒嗎？今天有很好的北海道特產酒喔。小葵也能喝一點吧？」

「相逢就是有緣，就當紀念今天的緣分，兩位的酒錢我請客。」

D先生從馬球衫胸前口袋掏出兩張千圓鈔，交給寧寧。不知道裡面放了幾張鈔票，口袋都被厚厚一疊鈔票撐得鼓起來了。

「感謝招待——」

喜多川直率地向D先生道謝，我也輕輕低下頭，說聲「謝謝」。

「小葵，妳要吃馬鈴薯燉肉嗎？也有白飯喔。」

「要吃！」

「福氣氣也要吃吧？」

「……啊、好。」

寧寧對後面的店員說：「美琴，拿北之族人跟馬鈴薯來，兩份喔！」D先生掏錢出來要付燉肉的錢，我趕緊阻止道：「不、這——」

「沒關係啦，只是一點小意思，代表我的歡迎之意。」

D先生笑笑這麼說，寧寧收下鈔票。

這時，酒送上來了。喜多川和我、D先生還有寧寧四個人碰杯。喜多川一口氣把酒喝乾。

「沒、沒問題吧？」

「沒問題的！」

店員端出裝了馬鈴薯燉肉的小碗，寧寧說：我可是一大早就起來備料了喔。

「對了，照片先給你們。」

剛才用數位相機拍的照片已經印出來了。我和喜多川各拿一張，照片細心地裝在塑膠袋裡。裡面除了照片，還有個別包裝的糖果和一張明信片。拿出來一看，照片背後有寧寧的簽名、今天的日期，以及一句「很高興認識福氣氣喔！」的留言。

一早就起來備料煮馬鈴薯燉肉，一天四場表演，空檔時間還要在照片背面簽名留言，一顆一顆包裝糖果，換好幾次衣服，還要站在吧檯後面跟客人聊天。愛和寧寧到底是何方神聖。

「樋口又要舉行個展啦？」

D先生看著我的手邊這麼說，原本以為那張明信片只是拿來墊照片用的，仔細一看，原來是一張攝影展的DM。上面寫著攝影師的名字：樋口淳。

「對啊，蟄伏了很久才出頭天呢，不過他真的很努力。」

說著，寧寧為喜多川倒酒。沒提到酒錢的事，大概是寧寧的特別招待吧。

「樋口淳我知道！最近在年輕人之間很受歡迎呢。」

喜多川這麼說，打了一個酒嗝。

「對對對，他拍出不少很棒的照片喔。還是窮學生的時候，他曾在這裡做舞台照明的打工。經常說自己熱愛攝影，打光的工作可以學到很多光影的知識。他啊，是個純真的追夢人。」

吧檯另一端傳來「寧寧姊——」的聲音，寧寧一邊回應，一邊往那邊移動。

D先生說：

「寧寧小姐啊，一直用這種看似不經意放入DM的方式在支持樋口喔。不只樋口，只要是她身邊努力的人，寧寧小姐都會毫不吝惜地持續鼓勵對方。」

「她真有活力。光是自己的工作都這麼繁重了，到底哪來這麼強大的能量？」

「因為她也是被愛的一方吧。大家都喜歡她，她則回應大家更多的愛。這份愛的能量形成良性循環了。寧寧小姐深知支持的力量有多大，也知道沒有人能獨自完成夢想。」

我默默吃著馬鈴薯燉肉。

適度的甜味，好吃。

寧寧和兩位男客談笑時，我問D先生：

「寧寧小姐幾歲了啊？」

「不知道耶。」

D先生愉悅地笑著說。

「她的私事我完全不知道。本名、年齡……連住在哪裡也沒問過。或者說不用知道也沒關係。在這裡，她就是愛和寧寧，這就是一切，不得體的事，我不會去過問。」

寧寧回來了。

「小葵，妳還好吧？」

看看身旁，喜多川雙手摀著臉。不知何時她連第二杯酒都喝光了，大概喝醉了不舒服吧。

「不甘心……長瀨哥他們……太過分了。」

她是在哭。

寧寧拿水來，喜多川邊掉眼淚邊說：

「所有人一起跑掉喔，毫無預警的喔，前一天還小葵小葵的叫我，好像大家感情很好的樣子。說到底，他們根本沒有把我當作一起工作的夥伴。只因為我是行政人員？還是只因為我是女人？」

一陣心痛。我滿腦子只想著自己，沒發現喜多川也因為自己被排除在外而受傷了。

寧寧拿了面紙給喜多川，又轉向我問：

「所有人一起跑掉是什麼意思？」

「不、那個……」

我支吾其詞，喜多川卻決堤一般訴說起來：

「大家背叛了社長，跑去開了一家新公司啦。本來就已經是只有八個人的小公司了，現在只剩下我和社長還有負責管帳的社長太太喔。夏天對電器工程公司來說，是最繁忙的時期，我們卻不得不停止收單，這樣下去到底該怎麼辦才好——！」

「抱歉喔，只是一間小公司。」

我不由得苦笑。被喜多川這麼大聲哭出來，我反而看開了，真是不可思議。

至少，現在的我不孤單。

「您是開水電公司的嗎？」

年輕店員從後面探出頭來。是那個在廚房和吧檯間跑來跑去的活潑女店員「美琴」。

「對，是啊。」

我一回答，店員就說：

「那您可能知道是什麼毛病，我們廚房的冷氣最近出現靈異現象。」

「靈異現象？」

「一直發出敲木魚的聲音。不只開冷氣的時候會出現，關掉冷氣也聽得到。」

喔，如果是這個的話，我馬上想到一個可能性。

「聽起來叩叩叩的？」

「對對對，感覺很詭異。可是冷氣都能正常使用，也不像是壞掉了。」

「可以讓我看看嗎？」

我從椅子上下來。

廚房裡有窗戶，外面還有個狹小的陽台。室外機就放在這裡。我伸手拉開窗戶的鎖，對店員說：

「稍微打開一點喔。」

把窗戶微微拉開五公釐左右，木魚聲就消失了。果然不出所料。

「空氣跑進排水管了，不是故障也不是靈異現象喔。」

「排水管？」

「室外機的排水管，當屋內氣密度高的時候，一開抽風機氣壓就會下降，外面的空氣就從排水管跑進來了。如果無論如何都得關緊窗戶的話，也可以裝個空氣逆止閥。不過我看這裡也有紗窗，只要把窗戶拉開一點就能解決這個問題了。」

店員開朗地笑著說：「好厲害！」寧寧、喜多川和D先生不知何時也來了。

寧寧輕拍我說：

「哎呀，福氣氣好帥喔！今後可能還有電器工程方面的需要，跟你要張名片好嗎？」

「沒有啦，這沒什麼。只是空氣跑進來而已，小事。連修理都不用。」

我不是刻意謙遜，是真的這麼認為。不過，既然對方提出要求，我還是把名片遞給了店員。順勢也給寧寧和D先生一張。

「沒想到，原因就只是這樣，不知道的人真的會嚇死呢。」

店員露出鬆了一口氣的笑容。喜多川早就收起了淚水，不知為何一臉得意地站在那裡。

隔天，安裝冷氣的工作從兩點開始。好久沒到第一線出任務了。

我拉出收起來很久的工作服，沒想到還有再次穿上它的一天。

正要準備外出，喜多川說：

「社長，我想拜託您一件事。」

「什麼事？」

不只老頭，連喜多川都來提出要求嗎？

「去安裝冷氣的時候，可以帶我一起去嗎？」

「啊？」

我嚇了一跳，正在記帳的八重子說：

「哎呀，妳願意幫這個忙嗎？小葵，太好了。要不然啊，你們老闆他可是個超級路痴。」

「……少多嘴。」

「我本來也想跟著去，可是今天這麼熱，更年期的女人受不了啊。我還是留下來接電話就好。」

喜多川直盯著我看。

「嗯，好吧，可以啊。」

老實說，這真的幫了我大忙。畢竟這戶人家我以前沒去過，如果是商業設施也就算了，光靠地址要找到民宅，對我而言是非常困難的任務。汽車導航和智慧型手機的地圖應用程式，我都搞不太懂。一個人去上工的時候，在前往客戶家途中迷路，還得再打電話確認自己身在何方也是常有的事。

喜多川把工作服的外套穿在長褲與T恤上。這是置物櫃裡多出來的備品，穿在她身上有點太大。不過，光是這樣看上去就頗有作業員的架勢了。

客戶家在距離營業所兩公里左右的公寓裡。我們搭上廂型車，喜多川負責導航，我負責開車。

出發差不多五分鐘，等紅綠燈時，喜多川望著窗外說：

「啊、對了，我學英語的教室就在這裡。」

我也朝窗外看過去，一棟商辦混合大樓的三樓，掛著英語會話教室的招牌。一樓的便利商店，是這附近寶貴的二十四小時營業店鋪。

「不是有個老奶奶常來公司借廁所嗎？」

「嗯？」

「上次啊，晚上的英語課結束後，大家在教室裡開個小型派對，十點半左右，我去了那間便利商店。結果，剛好看到那位老奶奶從便利商店的廁所出來。看她幾乎是兩手空空，也沒買東西。老奶奶應該沒注意到我就是了。」

「她這麼喜歡跟人家借廁所喔。」

紅燈轉綠，我踩下油門，喜多川繼續說：

「老奶奶出去之後，我聽到店員們說，那個老奶奶又來了耶。我有點好奇，就問了他們怎麼回事。聽說差不多一個月前開始，老奶奶會在一大早或晚上來店裡，只借廁所。」

「……換句話說，是我們營業所沒開的時段？」

喜多川點頭。

「老奶奶說過她家住在離我們公司不遠的地方吧？一個老人家光為了上廁所

走到便利商店這邊，距離可不算近呢。早上還好，晚上很危險呀。」

八重子曾說那位老太太應該是獨居寂寞，拿借廁所當藉口來人多的地方，看來或許不只是這樣。我猜，她家的廁所果然還是壞了吧。為什麼不早點請人去修呢？沒有錢嗎？

抵達客戶家，按下一樓大門外的對講機，一位女性拉長了聲音說：「來了——」

「承蒙惠顧，我們是福永電工的人。」

喜多川俐落地寒暄，門打了開來。

開門的時候，聽到活潑有朝氣的年輕女孩打招呼的聲音，對客戶來說也是一件好事。我們來到指定的門牌前，看上去人很和善的五十多歲太太來應門。

「你們能這麼快就過來真是太好了。其他地方的預約都滿了，還說要等至少一個月才有空。真的是幫了大忙。」

確認冷氣安裝的位置，很快展開拆裝作業。喜多川幫忙遞工具和清潔，不時陪那位太太聊天。都是些天南地北的閒聊，像是吃酸梅對預防中暑很有效啦、車站前的花店評價不錯之類的。

這令我想起剛獨立創業時的事。

高中畢業後，我找到一份在商店街內水電行的工作。那是一間小店，只有我和老闆兩個人。三十歲那年，我和老闆大吵一架，再也受不了在這種死腦筋的老頭底下工作了。難道我要在這沒落商店街裡的窮酸小店度過一輩子嗎？我自認能力沒有這麼差。

之後，我在電器相關的公司或工廠之間換了幾份工作，也和八重子結了婚。設立「福永電工」是即將邁入四十歲時的事。剛開始連營業所都沒有，實質上就是我一人公司。主要業務是幫一般家庭拆裝及修理冷氣和免治馬桶等。

當時，八重子總是以幫忙導航為由，到處跟我一起到客戶家上工。實務上她幫不了什麼忙，就只是像現在的喜多川一樣，跟每個家裡的太太隨興聊天而已。

我都忘了這些事。仔細回想起來，是這些事建立起我們和客戶之間的信賴關係。有水電需求時，也都是家庭主婦們透過八重子提出委託。

看到個性開朗的女性工作人員一起來，對一個人在家的家庭主婦而言，一定很有安全感。家裡多多少少有些不想被異性看見的地方，有些問題可能也不好意思回答，比起態度冷淡的我，八重子或喜多川應該好說話多了。

是啊，我們從事的，就是會進入別人生活空間的工作。

安裝好冷氣，確認可正常啟動後，那位太太和喜多川一起歡呼拍手。很久沒做第一線工作的我有點緊張，不過這絕對不代表我討厭水電工作。

「我來泡茶，兩位喝了再走。」

太太走進廚房，我本想婉拒，但還不等我們收拾完，她已經準備好放滿冰塊的杯子和麥茶了。

「廚房的燈泡壞了一個耶？」

喜多川說。這家人的廚房裡，原本似乎有兩個燈泡。

「對啊，前天壞了。雖然新的燈泡已經買回來了，因為一個燈泡也能用，我就懶得換，一直拖到現在。」

太太還端了水羊羹給正在喝麥茶的我們。喜多川說：

「我來幫您換吧？」

「咦，真的嗎？」

「對啊，免費服務。」

喜多川朝我看一眼，我沒說話，只是點點頭。

太太從櫥櫃抽屜拿出燈泡交給喜多川。喜多川在廚房裡架起我帶來的馬梯。

「謝謝，太開心了。老實說，我不太擅長這種事。每次換燈泡都擔心觸電，又怕站在椅子上，萬一摔下來怎麼辦。換完燈泡從椅子上下來的時候也是，總擔心失去平衡跌倒。換個燈泡像在賭命一樣。」

換個燈泡就像在賭命，這話未免說得太誇張了。我差點笑出來，太太卻一臉認真地繼續說：

「一想到只有自己一個人在家，要是撞到頭怎麼辦，真的會很不放心呢。和今天這樣已經先請兩位幫忙安裝冷氣的狀況不一樣，總不可能只為了換個燈泡請業者跑一趟。」

腦海中，忽然浮現那位經常來借廁所的老奶奶。

說不定，老奶奶也是——

太太端著麥茶說：

「想想以前的商店街，就算只是去電器行買個燈泡，也能順便請店家來幫忙換。可以輕易開口拜託這種事的時代真好。」

「燈亮了。」廚房傳來爽朗的聲音，廚房明亮起來。喜多川伸長一隻手臂，那模樣就像站在舞台上的舞孃，充滿某種爆發力。

回程的車上，喜多川說：

「社長……我想拜託您一件事。」

「怎麼又來了。」

我噗哧一笑。坐在副駕駛座上的喜多川雙手緊緊握成拳頭。

「請您教我水電工作好嗎？我查過了，女人也可以報考電器工程師的執照。我想學會這些技術，以水電師傅的身分工作。」

我就猜到會是這樣。

一邊轉動方向盤，我靜靜回答：

「手不夠巧的人，會很辛苦喔。」

「我知道，我有自己不夠靈巧的自覺，所以會比別人多付出好幾倍的努力。一開始就學得很順利的人不容易察覺的問題，我也一定會察覺。我想自己能比手巧的人學到更多東西。需要力氣的體力活，或許做得沒有男人好，但是一定也有我才能做的事。」

前方不遠處的號誌燈轉黃，過了一會兒變成紅燈。

「我終於找到自己想做的事了，請社長指導我。」

配合前方車輛的速度，我慢慢踩下油門。

「我很嚴格的喔，做好心理準備吧。畢竟我可是個死腦筋的老頭。」

「……謝謝社長！」

喜多川朝我伸出一隻手，我也伸出右手。

交握的雙手，傳遞友好的體溫。

喜多川笑著說：「請多多指教，師父！」

週末，我出門聽日比谷電子社長日比谷德治的演講。

會場設在日比谷電子自家公司二樓的活動廳，進入裡面一看，已經擠滿將近百人的聽眾。採自由入座的關係，我只能坐在最後面角落的位子。

時間一到，日比谷德治出現在講壇上，身穿筆挺高級西裝，腳踏黑得發亮的皮鞋，踩著優雅的腳步，但仍不失威嚴。

一開始，由女性工作人員以女主播般流暢的聲音，配合投影片說明日比谷電子的事業內容與沿革。那是福永電工完全比不上的規模，簡直就是異次元世界。

接著，日比谷德治開始演講，瞬間成為會場內關注的焦點。

「所謂成功者，不是做什麼都一帆風順，沒吃過苦的人。遇到不順利的事情時，能正面迎向困難，想辦法解決，這才是成功者。」

日比谷德治正可說是成功者之中的成功者。這樣的他，難道也曾克服挫折嗎？那艱難的程度，一定超乎我所能想像。

我對他產生親切感，側耳傾聽演講內容。

演講結束後，正要從位子上起身時，「福永先生，」有人叫住了我。是一位態度謙和，舉止優雅的女性。

「您是福永電工的福永武志先生吧？我是日比谷德治的秘書，敝姓三枝。日比谷先生想請福永先生撥冗一敘。」

「……欸？找我……嗎？」

怎麼回事，日比谷德治怎麼會找我？話說回來，他怎麼會認識我？

「抱歉驚嚇到您了。您蒞臨敝公司時，請櫃檯人員確認了。如果您時間方便的話，可否麻煩移步社長室一趟？」

那位日比谷德治，竟然知道德永電工嗎？或許是不辭辛勞參加了那麼多次社長研習會的功勞。不，就算是那樣，肯定沒什麼好事。該不會是長瀨那夥人設計了什麼圈套，企圖擊垮德永電工吧。

我慌忙起身，戰戰兢兢地跟在秘書身後。

我們兩人搭上專用電梯，電梯攀升到耳朵會痛的高度，抵達最高樓層的三十三樓。比平常參加社長研習會的飯店還要高。

秘書敲了敲一扇很大的門，裡面傳來低沉的「是」。

門緩緩打開，在秘書帶領下，我踏入社長室。感覺心臟快從嘴裡跳出來了。

在有著整片落地窗的寬敞辦公室裡，日比谷德治坐在一張大得驚人的辦公桌後。緊張加上逆光，我看不清楚他的臉。

日比谷德治似乎很開心：

「又見面啦，福氣氣先生。」

「……………欸？」

日比谷德治拿出藏在辦公桌底下的藍色棒球帽戴上。中日龍隊的標誌。

「D先生！」

我差點昏倒，勉強才站穩踉蹌的腳步。這麼說起來，日比谷德治確實是名古屋人[6]。

「來來來，這邊請。」

D先生移動到沙發區，也邀請我過去。兩張黑色皮革沙發面對面擺放，我慌慌張張地坐在D先生前面的位子。

「我在報名的聽眾名單裡發現福氣氣先生您的名字，就高興了起來。」

「啊、是、這……」

以水戶黃門來比喻的話，D先生就是「遠山的阿金」吧。平常一副雲遊四海的樣子，關鍵時刻就會露出身上的櫻吹雪刺青，把眾人嚇得拜倒在地的北町奉行遠山景元。

秘書為滿身大汗的我端上茶，一鞠躬後，退出了房間。

門一關上，D先生就脫下棒球帽，身體微微往前傾。

「福永先生，您願意來我這嗎？」

喝到一半的茶差點噴出來，我一陣嗆咳。

他、他、他剛說了什麼？

「『我這』是指……」

「對，就是敝公司。當然是以正式員工的身分僱用。我啊，一向很相信緣分。敝公司設有商品修理與定期檢查的維修部門。以福永先生的資歷，當然不是請您來當第一線作業員，我想請您來擔任執行經理的職位。保證年收一定讓您滿意。小葵小姐也可以一起錄用，只要是行政工作，哪個部門都歡迎她。」

我……沒有學歷，沒有人脈，也沒有太多資歷的我，進日比谷電子……

穩定的大企業，優渥的薪資。這麼一來，也可以讓八重子過得輕鬆點了。有社長在背後撐腰，誰也不敢違逆我吧。

這可是非同小可的出人頭地啊。我……這樣就能成為……了不起的人……嗎？

手心滿是汗水。我在西裝外套上抹一抹，想把汗擦掉。這時，隔著口袋摸到一塊硬硬的東西。

---

❻中日龍的主場在名古屋。

……是橡果。

那天，愛和寧寧給我的橡果。

——最了不起的人是誰？

從零開始，為什麼都不懂的我傳授水電技術的老闆。

嫁給不中用的我也毫無怨言，總是開朗支持我的八重子。

在虛張聲勢的我身邊，拚了命工作的員工們。

還有……信任福永電工的所有客戶。

一直以來，都是我自己把自己排除在外的嘛。明明身邊隨時有這麼多愛的能量流過，我卻自己阻斷了良性循環。

腦中浮現喜多川葵說著「終於找到想做的事」時的表情。

我默默搖頭。

「謝謝您的好意，不過，請容我婉拒。」

或許因為事態出乎他的預料，日比谷德治用力挑了挑眉。我深呼吸，看著他的眼睛說：

「即使赤手空拳，我也要從頭來過。」

日比谷德治用手托著下巴，思索了一會兒，臉上浮現一抹溫柔的微笑。

戴上中日龍的棒球帽，那表情又是D先生了。

接著，他看似心滿意足地笑著說：

「這麼好的條件都敢拒絕，你這男人真了不起。」

離開日比谷電子，我直接回公司。

啟動電腦，打開暫時關閉的委託表單，恢復接單。我決定將步調調整為一天以接受三件委託為上限。

發布徵人啟事後，在新來的員工適應前，先不要太貪心，這樣就好。一點一點慢慢來，腳踏實地，一步一步向前。

對了，面試的時候也不要只有我在場，讓八重子和喜多川也一起來吧。大家一起打造新的公司，新的福永電工。

所以，現在我將再次——

脫下西裝。

時間已經很晚了，離開營業所，走向最近的公車站。

星期天開往坂下站的公車，最後一班是十一點三分。車上很空，我走到最後面寬敞的座位，慢慢坐下來。

剛才在車上的兩位乘客陸續下車，現在車上只剩我和司機兩人。

左手臂突然抖動。要出現了嗎？老頭？在公車上耶？

不出所料，飛出手臂的火球轉眼化成了那老頭。

「我喜歡公車。」

老頭把手和頭抵在車窗上，看著外面的風景。

我偷偷窺看司機，可能因為隔著一段距離沒發現吧，他並未露出驚訝的樣子。

「老頭。」

我這麼喊祂，老頭依然朝著窗外說：

「我是神明。」

「……神明。雖然我早就隱約察覺，不過現在可以確定了。」

也不知道到底有沒有聽到，神明伸出食指，指著窗外說「啊、貓」。

「你……左手擅自做的那些事，其實都是我內心深處真正想做的事對吧？」

拿麥茶給老奶奶喝的貼心。有多少就捐多少的募款。把自己的心意傳達給八重子。下班後在員工面前大方請客。接下第一線的工作。

看在別人眼中，這些事或許沒什麼。然而我卻做不到。卑微、吝嗇和扭曲的自尊心阻礙了我。

不過，一方面被任意妄為的神明弄得手足失措，一方面卻產生了懷念的心情。就像去了很遠地方的自己終於回來一樣，感覺不可思議。甚至想對自己說「歡迎回來」呢。

公車抵達坂下站。我從座位上起身，神明也和我一起站起來。

後方車門敞開，神明越過我，朝柏油路跳下車。我一腳下車踩在地上，聽見司機說「謝謝搭乘」。

這句話只對我說呢，司機果然看不到神明嗎？

才剛這麼想，整個人完全下車後，司機又說了一次：

「謝謝搭乘。歡迎再次搭乘。」

那態度恭敬得近乎不自然，我不由得回頭。可是車門已經關閉，公車開上斜坡。

夜已經很深。吹來一陣令人心曠神怡的晚風。路上不見其他人影，我就脫了外套。

一時之間懷疑自己的眼睛。左手臂上的「神明值日生」消失了，什麼時候的事？

「神明，這……！」

隔著馬路，看得見對側路旁每天早上等車的站牌。神明凝視著那邊說：

「這個世間啊……」

「咦？」

「大致上都是由某個誰遺失的事物構成的喔。沒有什麼東西是打從一開始就屬於自己的。」

神明的語氣沉穩又堅定。不知為何，四周完全沒有人車經過。鴉雀無聲，連蟲鳴都聽不見。彷彿時間靜止了似的。

「人人都會遇見別人不小心遺失或故意放置的東西，沒來由地想佔有。可是，光是撿起來，那東西也不會屬於自己喔，絕對不會。」

我想起消失的一萬圓紙鈔。神明接著又慢條斯理地說：

「嚮往什麼，就加以模仿或學習，活出自己的模樣，打造出屬於自己的東西。可是，或許幾乎沒有人知道，漸漸地，自己也會在誰的面前遺失什麼東西。」

神明忽然仰望天空，嘿嘿一笑。

「坂下車站，七點二十三分。挺開心的呢，下次要去哪好呢？」

祂要走了。正當我這麼想的瞬間，神明散發紅光，鑽進站牌的水泥底座之中。整個站牌嘎嗒嘎嗒搖晃。

不一會兒，站牌又靜止了。

一隻流浪貓穿越人行道。馬路上開始有車經過，我身邊也有行人走過。不知哪戶人家傳出笑聲，還聽得見蟲鳴的聲音。時間……世界再次轉動了起來，好像什麼都沒發生過。一如往常。

隔天早上，我和喜多川還有八重子，三個人一起討論今後的事。沒有人沮喪，我們心中只有接下來如何同心協力的想法。

討論告一段落時，自動門打了開。是老奶奶。

等她上完廁所，我盡可能放慢語速對她說：

「我說，奶奶啊，您家廁所的燈泡是不是壞掉了？」

老奶奶一臉慚愧地轉移視線，最後才坦然點頭。

燈泡壞了。就只是這樣。就真的只是這點小問題。

所以無法拜託任何人。

與其去拜託別人來家裡幫自己處理這個小問題，她寧可在夜裡花一大把時間走去便利商店借廁所。這樣心情還比較輕鬆。

今後，就讓我來吧。為了有這類需求的人，無論何時我都可以馬上趕過去。

老奶奶家，是我們營業所後方的一棟老舊小平房。我和喜多川一起進去。廁所設在屋子最裡面，沒有窗戶。不只如此，通往廁所的走廊上，年久失修的燈具也壞了。這麼一來，就算大白天，廁所裡也是一片漆黑。

「之前我曾帶手電筒進去上廁所，可是那樣其實也挺嚇人的。」

我嘗試在廁所裡打開手電筒，感覺就像參加試膽大會，氣氛相當詭異。確實挺嚇人的，在這種狀態下，大概無法安心如廁吧。

為了保險起見，我帶了頭燈來。戴上頭燈，爬上喜多川幫忙架在馬桶旁的馬梯。

「師父，你好像探險家喔。」

看到頭燈，喜多川興奮地這麼說。知道了，下次就讓妳用用看。

轉下舊燈泡遞給喜多川。喜多川確認螺旋接頭規格後，從準備好的各式燈泡裡拿出相同型號的E26型新燈泡，遞上來給我。

光溜溜的裸燈泡。

等等喔，老奶奶。這傢伙會表現得很好的。

我將燈泡插入燈泡插座，轉動燈泡安裝上去。使一個眼神，喜多川就按下廁所電燈開關。

原本像個昏暗洞窟的廁所，一口氣變得像夏日祭典的攤販一樣明亮。

老奶奶像看到小嬰兒出生似的，露出感動的表情。我從馬梯上看著她被橘黃燈光照亮的喜悅神情。

——為什麼一直沒發現呢？

我早在好久以前，就「從高處看見」這麼美麗的景色了。

老奶奶眼眶含淚，抬頭看我說：

「哇，太感謝了……」

說著，老奶奶雙手合十，簡直像在膜拜神明。

120

神明值日生執勤中

ただいま神様当番

神明值日生執勤中 / 青山美智子作 ; 邱香凝譯. -- 初版. -- 臺北市 : 春天出版國際文化有限公司, 2023.1
面； 公分. -- (春日文庫 ; 120)
譯自 : ただいま神様当番
ISBN 978-957-741-629-2(平裝)

861.57　　111020382

ISBN 978-957-741-629-2
Printed in Taiwan

ただいま神様当番（TADAIMA KAMISAMA TOUBAN）
by
青山美智子

作　　者　青山美智子
譯　　者　邱香凝
總 編 輯　莊宜勳
主　　編　鍾靈

出 版 者　春天出版國際文化有限公司
地　　址　台北市大安區忠孝東路4段303號4樓之1
電　　話　02-7733-4070
傳　　真　02-7733-4069
E－mail　bookspring@bookspring.com.tw
網　　址　http://www.bookspring.com.tw
部 落 格　http://blog.pixnet.net/bookspring
郵政帳號　19705538
戶　　名　春天出版國際文化有限公司
法律顧問　蕭顯忠律師事務所
出版日期　二〇二三年一月初版

定　　價　380元

總 經 銷　楨德圖書事業有限公司
地　　址　新北市新店區中興路二段196號8樓
電　　話　02-8919-3186
傳　　真　02-8914-5524
香港總代理　一代匯集
地　　址　九龍旺角塘尾道64號 龍駒企業大廈10 B&D室
電　　話　852-2783-8102
傳　　真　852-2396-0050